VOCABULAIRE,

PAGE PAR PAGE,

DES

POÉSIES BASQUES

DE

Bernard DECHEPARE

D'APRÈS L'ORIGINAL DE 1545 CONSERVÉ A LA BIBLIOTHÈQUE NATIONALE A PARIS

BORDEAUX
F. DESTOUESSE, ÉDITEUR,
RUE NOTRE-DAME, 5
—
1888

A recto (A 1) 2

dechepare (2,3)

(= lignes) 1

abançatzeco 29,1
abataturic 12,6
abil 6,4
aduocatu 1,2
aitzinerat 24,2
animos 6,5
araura 19,4
assayatu 8,8
augmenta 24,3
baçautzu 21,4
baita 7,4
baita 7,6
baitira 6,3
baitu 15,5
baque 5,4
bascoac 6,2
bascoec 25,4
batere 8,6
bay 16,9
beçala 11,5
beçala 16,8
beçala 18,5
beçala 21,2
beçala 25,6
berce 11,3
berce 13,5
berce 15,3
bercec 25,5
bere 3,1
bere 9,1
bere 25,8
bernard 3,5
bernard 3,7
beryan 15,8
cantatzeco 27,3
causa 12,3
causa 28,6
cerbait 9,6
cerbait 26,3
cerbitzari 4,3
ceren 6,1
ceren 10,6
ceren 16,1
ceren 20,1
chipiac 4,4
complituyari 2,4
continua 24,4
copblabatzu 19,1
corregituric 20,6
çuc 16,3
çure 22,2
çure 23,6
çuri 17,7
dadin 24,1
darauritzut 18,7
dayteyela 14,7
denbora 27,5
densere 14,5
diçaçun 21,7
doctrina 26,4
duçun 21,1
dugum 22,5
dute 14,3
dùten 25,7
duten 28,5
eceyn 13,1
echeparecoac 4,1
ecin 14,4
ederra 22,7
eguinac 19,5
eguiteco 27,9
eguitera 10,2
ene 19,3
eraci 21,6
erregueren 1,1
escutic 22,3
estimatzen 17,2
et 16,6
eta 1,4
eta 2,3
eta 3,3
eta 5,5
eta 6,6
eta 7,1
eta 7,5
eta 10,3
eta 12,2
eta 13,4
eta 15,9
eta 17,4
eta 18,3
eta 20,5
eta 22,1
eta 23,5
eta 24,5
eta 25,3
eta 26,5
eta 27,4
eta 28,2
eta 29,3
ezten 8,7
eztena 23,4
fauoretan 9,4
gentil 6,7
geyncoari 29,6
ginendirenec 28,3
gogo 5,1
goratzen 17,3
goraynci 5,3
guciac 29,5
gucietan 7,8
gucietara 11,2
gucietara 25,3
gueldìtzenda 12,5
guero 28,4
guiren 29,4
handiric 8,4
harceco 26,7
haren 4,2
haren 28,8
hartan 15,1
hatse 23,7
hayec 20,3
hayn 11,6
hetan 7,2
heuscara 17,6
heuscara 23,1
heuscaraz 9,5
heuscarazco 18,8
hondela 12,1
honegatic 12,4
honetic 23,8
honez 5,2
honguciez 2,3
iabe 3,4
iabia 18,4
iaun 3,2
iaun 18,2
iauna 8,4
iauna 16,4
iauna 20,2
içan 7,3
içan 23,3
igaraiteco 27,6
ignoranciaren 19,3
igorten 18,1
imeitera 10,5
imprimi 21,5
imprimituric 22,8
ioya 22,6
iqhussiric 20,4
irudi 21,3
ladin 10,7
leheteri 3,6
lengoage 9,2
lengoage 14,8
lengoagiac 11,4
lengoagian 26,1
lettratu 7,9
materia 28,1
miraz 8,2
mundu 11,1
mundu 25,1
nacione 13,6
nago 8,3
naturazcoac 16,7
neure 18,1
noble 16,5
nobleari 1,5
nola 8,5
nola 15,2
obligatu 29,3
oboro 28,7
obra 10,4
ohoratzen 17,5
orano 23,2
oray 16,3
oroc 14,1
oroc 15,4
oroc 22,4
ossagarri 5,6
plazer 20,7
plazer 26,6
propriaren 9,3
publica 10,8
publica 24,6
reputacione 13,2
sciencia 7,7
scriba 14,8
scribatzeco 11,7
scribatzen 15,7
scributan 10,4
scribuz 26,2
solaz 27,1
te 15,6
tuçu 17,1
vague 13,3
videzco 1,3
virthute 2,1
vste 14,2

(29 lignes) 200

amen	$2,_{5}$
bercian	$2,_{3}$
dizum	$1,_{3}$
eguitera	$1,_{2}$
eta	$2,_{2}$
honeten	$1,_{5}$
mundu	$1,_{4}$
othoyz	$1,_{1}$
parabiçuya	$2,_{4}$
prosperoqui	$1,_{6}$
vicia	$2,_{1}$

(2 lignes)

apphur	11,$_2$
ari	18,$_6$
ariduçu	8,$_2$
arima	4,$_5$
arraxian	22,$_1$
arraxian	23,$_1$
batbedera	3,$_4$
bategatic	11,$_3$
bay	17,$_1$
bayçaygu	18,$_7$
beguireçan	24,$_3$
behardugu	13,$_2$
behardugu	19,$_3$
beharluque	2,$_4$
beharluque	12,$_2$
beqhatuyac	17,$_3$
bere	4,$_1$
cerbiçatu	7,$_4$
cerbiçatu	13,$_1$
cerbiçutan	10,$_3$
ceren	18,$_1$
cerhaci	15,$_2$
christiana	1,$_3$
comunqui	15,$_5$
creatu	4,$_6$
dela	20,$_6$
deramate	10,$_4$
doctrina	1,$_1$
duyen	3,$_3$
eceyn	6,$_1$
ecitian	23,$_2$
eduqui	6,$_3$
eguin	9,$_5$
egun	18,$_3$
emanen	9,$_3$
emaytecoz	13,$_3$
endelguyaz	5,$_3$
ereyn	14,$_5$
ereyn	15,$_3$
eta	20,$_3$
eta	24,$_1$
etare	17,$_2$
etarrax	21,$_2$
ez	7,$_1$
ez	9,$_2$
eztacussat	14,$_2$
eztu	6,$_3$
fina	20,$_4$
formatu	3,$_5$
frangoqui	16,$_5$
gaberic	7,$_5$
gaberic	9,$_6$
gaberic	14,$_6$
gloria	13,$_4$
gloriaric	9,$_1$
goalardona	16,$_1$
goarnitu	5,$_4$
gomendadi	23,$_3$
goyz	21,$_1$
guc	12,$_3$
gucere	19,$_1$
guiçon	2,$_2$
gure	4,$_1$
gure	10,$_2$
gure	20,$_1$
gurequi	8,$_5$
haci	14,$_4$
hala	8,$_3$
hala	8,$_4$
hala	19,$_2$
handia	11,$_6$
harçaz	19,$_4$
harcen	11,$_4$
haren	21,$_4$
hatse	20,$_2$
honac	16,$_2$
hongui	9,$_4$
hura	20,$_5$
iangoycoac	3,$_1$
iangoycoac	12,$_1$
iangoycua	8,$_1$
iaunec	6,$_2$
icena	21,$_5$
ieyncoa	18,$_2$
ieyncoary	23,$_4$
irudi	4,$_2$
laudatu	21,$_6$
memoriaz	5,$_1$
munduyãden	2,$_1$
muthilec	10,$_1$
muthilgaixtoa	6,$_5$
nahi	6,$_4$
nola	3,$_2$
norc	15,$_1$
obra	16,$_1$
oguiric	14,$_1$
ongui	18,$_5$
orhitu	19,$_6$
orhituqui	21,$_3$
oroc	2,$_3$
oroz	18,$_4$
othoy	24,$_2$
pagatu	7,$_2$
pena	11,$_5$
pensatu	20,$_7$
perilgucietaric	24,$_4$
pesatu	2,$_5$
propiara	4,$_3$
punicione	17,$_4$
segurqui	17,$_5$
soldata	11,$_1$
soldataric	7,$_3$
valia	12,$_5$
veçanbat	12,$_4$
vilcen	14,$_3$
vilcendici	15,$_4$
vnsa	19,$_5$
vorondatez	5,$_2$
vqhenendu	16,$_3$
vrthia	10,$_5$

(24 lignes) **120**

adi	1,5
adi	9,4
adi	24,5
adinian	1,3
adoreçac	21,1
agoen	7,5
ailchaiçac	29,4
albadaguic	4,1
albaiteça	17,3
albaiteguinõden	19,4
andere	29,1
andredona	28,1
artian	7,6
artian	10,,5
aycinian	6,5
azquen	22,1
batheyarria	13,1
batheyarrira	14,4
beharduc	11,4
bere	5,4
cenbaitere	2,1
ciradela	10,3
crucifica	24,1
curucea	23,1
dela	20,4
deuocionez	21,2
deuotqui	2,4
deyen	12,4
dignia	22,5
eçac	6,4
eçac	15,2
eçac	20,2
eçagucia	17,5
eche	5,5
eguic	12,2
eguin	17,2
eliçara	4,3
eliçara	14,1
eman	27,4
emandiaçan	22,3
erraytera	2,3
eryo	26,2
eta	11,5
eta	16,3
eta	21,3
eta	24,3
ez	11,6
ezac	27,2
fedia	15,5
finian	22,2
galde	21,4
gomenda	5,3
gorpuz	18,1
gorpuz	19,5
goycian	3,1
goycian	4,4
gracia	16,2
gracia	21,5
guero	1,1
guero	19,2
han	5,2
han	6,1
han	7,4
handuyala	15,3
harc	26,1
haren	25,4
hari	17,1
hari	27,5
haritudic	26,3
hec	11,4
hi	10,1
hil	11,3
hilez	9,1
hire	20,5
hiri	26,4
honaden	29,2
hura	20,3
iaquin	11,7
içanian	14,2
ieyncoaren	16,1
ieyncoari	5,1
ieyncoari	12,3
ilherrian	8,1
ilherrian	9,5
ioanadi	4,2
iqhus	24,2
iraçar	1,2
lehen	17,4
leqhura	29,3
leyan	26,5
maria	28,2
minço	7,2
nola	25,1
nola	27,3
nolaco	10,2
norduyan	6,6
norequila	7,1
odol	25,5
oracione	2,2
ordia	27,7
orduya	11,8
orduyan	24,6
orhit	1,4
orhit	9,3
orhit	24,4
othoy	12,1
pensa	6,3
pensa	15,1
pensa	20,1
pensa	27,1
recebice	22,4
recebitu	15,4
redemitu	25,3
saluaçalia	20,6
saluaçeco	16,4
sarcian	6,2
sarçian	9,6
saynduya	18,2
saynduya	19,6
saynduyan	5,6
saynduyaz	25,6
so	19,3
soeguic	14,3
varcamenduya	12,5
veçala	11,2
veguiac	29,5
vere	27,6
vertan	19,1
vertaric	1,6
vicia	26,6
viciciren	10,4
vidia	16,5
vnsa	9,2
yçan	7,3
yçan	25,2

alteratu	$19,_1$
ama	$4,_4$
arimaren	$7,_1$
artian	$17,_2$
azquen	$20,_5$
bay	$25,_1$
bay	$26,_1$
beccatuyez	$22,_1$
beqhatore	$6,_4$
beqhatoren	$5,_3$
beqhatuyez	$24,_2$
bethe	$15,_2$
biciniçan	$17,_1$
çaquiztan	$7,_4$
ceyn	$11,_1$
ciraden	$15,_3$
confessionia	$23,_4$
çu	$7,_3$
çuc	$18,_1$
çuc	$21,_3$
çugana	$6,_2$
çure	$19,_3$
çure	$25,_4$
çutan	$5,_1$
dago	$5,_2$
daquizquian	$13,_4$
daten	$11,_4$
deuocionia	$10,_5$
diagoc	$2,_4$
dignequi	$25,_2$
doluya	$22,_5$
dudan	$22,_4$
dudan	$24,_4$
duyen	$3,_6$
eçac	$9,_4$
eçagucia	$9,_6$
eguin	$9,_3$
eguin	$13,_3$
eguiteco	$20,_3$
eguiteco	$23,_2$
egun	$11,_6$
eliça	$12,_5$
ençun	$16,_2$
endelgamenduya	18_3
ere	$9,_2$
erioco	$17,_4$
errecebi	$25,_3$
escuyan	$3,_4$
eta	$4,_3$
eta	$12,_1$
eta	$17,_3$
eta	$21,_1$
eta	$21,_6$
etare	$26,_2$
exay	$27,_1$
eztaquidic	$1,_3$
eztia	$4,_5$
eztia	$15,_5$
fede	$19,_4$
finian	$20,_6$
fundatuden	$12,_4$
gabetaric	$19,_2$
gaucen	$20,_1$
gayça	$27,_2$
ginen	$27,_3$
glorian	$2,_5$
gloriosa	$4,_2$
gorpuz	$25,_5$
graciac	$3,_1$
gratia	$21,_7$
gucia	$5,_5$
handia	$6,_5$
heure	$9,_5$
heure	$10,_4$
hura	$1,_4$
hura	$2,_3$
hurranena	$2,_2$
iaun	$15,_4$
ieyncoaren	$2,_1$
igandeco	$14,_2$
indar	$21,_5$
misericordiaz	$15,_1$
mundu	$1,_1$
nahi	$3,_5$
neure	$16,_4$
neure	$18,_5$
neure	$20,_4$
neure	$23,_3$
neure	$24,_1$
ni	$6,_1$
noren	$12,_2$
nortan	$10,_2$
nyatorqueçu	$6,_3$
oandere	$4,_1$
oracione	$14,_1$
oracionia	$16,_5$
orduya	$27,_6$
orduyan	$3,_7$
orduyan	$21,_2$
orhit	$11,_5$
orhituqui	$13,_1$
oro	$1,_2$
oro	$3,_2$
oroz	$24,_3$
osso	$18,_4$
othoy	$13,_2$
othoy	$16,_1$
othoy	$18,_3$
perfectuqui	$23,_1$
phunduyan	$17,_5$
sagramenduyac	$26,_5$
saluacera	$7,_2$
saynduren	$11,_2$
saynduya	$25,_6$
saynduyan	$19,_5$
saynduyer	$8,_1$
saynduyer	$9,_1$
singularqui	$10,_1$
sperança	$5,_4$
tentacera	$27,_5$
valia	$1,_6$
valia	$7,_5$
valia	$13,_5$
varqhamenduya	$24,_5$
vayta	$27,_4$
vaytuc	$10,_3$
veçayn	$1,_5$
vehardiren	$26,_3$
verce	$26,_4$
vere	$3,_3$
verian	$11,_7$
vesta	$11,_3$
vide	$22,_3$
vnsa	$20,_2$
vqheyteco	$22,_2$
yaçadaçu	$16,_3$
ycenetan	$12,_3$
ydaçu	$18,_2$
ydaçu	$21,_4$

(27 lignes)

afaria $9,_{4}$
abaidiec $24,_{2}$
anhiz $17,_{1}$
arima $4,_{2}$
arimaren $10,_{1}$
arte $1,_{5}$
artian $13,_{2}$
aste $12,_{5}$
azquen $3,_{5}$

barazcari $9,_{3}$
buluz $8,_{4}$
buluzcorriric $20,_{4}$

çathi $22,_{4}$
cerbiçacen $14,_{3}$
cerbiçutan $9,_{2}$
çure $2,_{5}$
çure $4,_{6}$
çure $5,_{4}$
çure $6,_{4}$
çure $7,_{4}$

dacuscula $19,_{3}$
dacussat $13,_{4}$
dela $16,_{4}$
desconoci $15,_{7}$
dugun $14,_{2}$
dute $24,_{4}$

eçagucen $16,_{3}$
eçayala $11,_{1}$
ecin $12,_{3}$
egoyzten $23,_{5}$
eguiten $22,_{5}$
eguitenduc $8,_{3}$
eguitia $11,_{6}$
egun $12,_{1}$
enaçan $3,_{3}$
ene $4,_{1}$
enexayac $3,_{1}$
engana $1,_{2}$
enganaturic $19,_{5}$
enguztaçu $2,_{3}$
escapaceric $21,_{5}$
eta $6,_{1}$
eta $7,_{1}$
eta $16,_{1}$
eta $21,_{1}$
etarrastz $8,_{2}$
etavezticia $8,_{5}$
exaya $14,_{6}$
eztute $21,_{2}$

finian $3,_{6}$

gauça $11,_{4}$
gauden $18,_{2}$
gende $19,_{2}$
gendez $17,_{2}$
glorian $4,_{7}$
gorpuçaren $9,_{1}$
gorpuzori $23,_{1}$
goyz $8,_{1}$
guciaz $1,_{6}$
guerocoec $21,_{3}$
gure $13,_{1}$
gure $14,_{5}$
gure $15,_{3}$

hanbat $14,_{4}$
hanbat $19,_{1}$
handacussadan $6,_{3}$
handia $13,_{6}$
hantic $21,_{4}$
har $4,_{4}$
haur $13,_{3}$
hayn $18,_{5}$
hildenian $22,_{2}$
hirur $22,_{3}$
hoçian $23,_{4}$
hoyen $11,_{5}$
hunec $19,_{4}$
hunequi $18,_{4}$

iangoycua $15,_{1}$
iauna $2,_{2}$
ieyncoaren $10,_{3}$
igandian $12,_{7}$
iossiric $18,_{7}$
ixutarçum $13,_{5}$

lagun $2,_{4}$
lauda $7,_{3}$
lehenic $17,_{6}$
lur $23,_{3}$

magestatia $7,_{5}$
miraz $17,_{3}$
mũdu $18,_{3}$

nago $17,_{4}$
neque $11,_{3}$
neure $3,_{4}$
neureburuyaz $17,_{5}$
nic $6,_{3}$
niroyen $1,_{3}$
nola $5,_{1}$
nola $14,_{1}$
nola $18,_{1}$
nontic $1,_{1}$

odol $5,_{5}$
ohorian $10,_{4}$
oranocoac $20,_{1}$
orduyan $4,_{3}$
oro $20,_{3}$
oroc $16,_{2}$
oroz $12,_{2}$
oroz $12,_{6}$
othoy $2,_{1}$
othoy $4,_{5}$
othoy $11,_{2}$

particen $24,_{5}$
personoro $22,_{1}$

redemitu $5,_{3}$

saluaçalia $15,_{4}$
saluaçeco $10,_{2}$
saynduyac $2,_{6}$
saynduyaz $5,_{6}$
saynduyequi $7,_{2}$

vada $12,_{4}$
vaita $5,_{2}$
veguitartia $6,_{5}$
venci $3,_{2}$
vere $1,_{4}$
vertan $24,_{3}$
videgabia $16,_{5}$
vnharçuna $24,_{1}$
vorthizqui $18,_{6}$
vstelcera $23,_{2}$

ygorritu $20,_{2}$

(24 lignes)

ahaldaguien	1,5
arçaynic	11,5
ardietaric	12,5
arhancez	23,2
arima	1,1
arimaz	13,2
arimere	6,3
aste	4,4
aste	6,4
atorra	6,1
baitu	16,2
barqhamendu	5,4
batbederac	14,3
beccatu	4,6
beguira	10,6
beqhatutan	9,1
berce	10,1
bere	12,4
bertan	9,4
bethia	20,6
bi	7,1
çagoen	20,2
cargu	13,3
carioqui	16,4
çauriz	20,5
cenbatetan	4,1
cinex	17,2
comdenatuya	9,5
compaynia	2,4
condu	15,1
contemplatu	18,1
coroaturic	23,3
curucian	20,3
dabilela	1,3
dadina	9,3
date	10,4
dauque	17,4
delicatuya	24,5
diagoçu	7,3
dugu	13,4
dugun	4,3
ecin	10,3
eguin	4,2
eguin	8,2
ehonere	11,1
eman	15,5
emanic	13,6
enganaturic	17,5
erossi	16,5
escatu	5,5
escuyac	21,2
eta	5,2
eta	19,1
eta	21,4
eta	23,1
eta	24,4
eztaçana	17,3
eztacusat	11,2
eztuyenic	12,3
faltacen	2,5
gaixoa	1,2
garbitu	6,6
gauça	7,5
gayzquiguilia	22,4
gobernacendu-gun	14,2
gorpuz	24,2
gucia	7,6
gure	7,4
gure	13,1
hala	17,1
handia	19,6
harçaz	15,4
haren	19,4
haren	24,1
hartan	4,5
hayn	2,1
hayn	11,3
hencen	12,2
hersi	15,2
hil	9,2
hobenari	10,5
hongui	8,1
huyn	21,1
iabia	23,6
iangoycuac	13,5
içaturic	21,3
ieyncoari	5,3
laxoden	11,4
mundu	23,4
nola	6,2
nola	14,1
nola	20,1
nola	22,3
norat	1,4
nori	16,1
ohoynequi	22,1
orhit	5,1
orhituqui	3,1
oro	20,4
ororen	23,5
oroz	6,5
oxoa	12,1
parabiçuya	8,5
passione	18,3
pena	19,5
pensatu	3,4
precioso	24,3
pundutan	7,2
saynduya	18,4
segur	8,4
segurqui	15,6
sendi	19,2
sobegui	14,4
vadaçagu	8,3
vehardugu	3,3
vehardugu	15,3
vehardugu	18,2
vereodolaz	16,3
viage	2,2
videric	10,2
vihocian	19,3
vortician	2,3
vrcaturic	22,2
vuluzcorria	21,5
ygandian	3,2

(24 lignes)

B verso (B 2) **10**

adi	11,$_2$
adi	16,$_2$
aguerico	23,$_6$
aguerico	24,$_4$
aguian	15,$_2$
ama	3,$_2$
ama	6,$_4$
anhicetan	12,$_4$
anhiz	11,$_6$
arima	2,$_6$
arinuçu	10,$_4$
bana	22,$_1$
barqhatu	14,$_7$
bat	22,$_4$
batac	21,$_4$
bedera	22,$_5$
beguiez	8,$_1$
beqhatu	11,$_7$
beqhatu	15,$_7$
bercia	21,$_5$
bere	4,$_4$
bere	13,$_1$
çagoen	2,$_4$
çathicatuya	1,$_4$
çauriac	7,$_6$
causaz	12,$_2$
cenacusan	8,$_3$
ceruya	17,$_1$
ciradela	10,$_3$
çure	7,$_1$
çure	8,$_4$
da	23,$_7$
daduçala	17,$_4$
damnacia	18,$_2$
dauguinian	20,$_5$
diraustaçu	6,$_2$
doloriac	7,$_3$
dolu	14,$_2$
duyan	11,$_4$
eci	20,$_1$
ecusteaz	4,$_3$
eguiatic	22,$_3$
eguin	11,$_5$
eguin	24,$_1$
eguinen	15,$_4$
ehor	20,$_4$
elas	2,$_1$
engana	21,$_6$
erran	24,$_2$
eryoa	18,$_3$
escapa	20,$_2$
escarniaturic	1,$_1$
escuyan	17,$_5$
estendicen	19,$_1$
eta	1,$_3$
eta	3,$_4$
eta	5,$_1$
eta	7,$_4$
eta	14,$_1$
eta	15,$_1$
eta	18,$_4$
eztia	6,$_5$
gayzqui	1,$_1$
guardatu	13,$_5$
guciac	24,$_5$
guertuz	6,$_3$
guiren	23,$_4$
habia	3,$_7$
handia	8,$_6$
handiaz	16,$_5$
haren	2,$_5$
haren	3,$_1$
haren	19,$_3$
hari	20,$_3$
hec	10,$_1$
hetan	4,$_2$
heyen	12,$_1$
hic	15,$_3$
hilcen	5,$_2$
hondatu	12,$_5$
honetan	21,$_2$
huyen	13,$_4$
iabe	8,$_5$
içan	23,$_3$
iengoycoaren	16,$_3$
ioanenda	22,$_6$
laryola	9,$_2$
lurra	17,$_2$
magestate	16,$_4$
manuya	20,$_6$
maytia	3,$_3$
maytia	4,$_6$
merexitu	12,$_3$
misericordiaz	13,$_2$
mundu	3,$_5$
mundu	5,$_4$
mundu	21,$_1$
nigatic	10,$_2$
nola	2,$_3$
nola	8,$_2$
nola	11,$_3$
nola	13,$_3$
nolaco	23,$_2$
nor	23,$_1$
odol	9,$_3$
orduco	7,$_2$
orduyan	2,$_2$
orduyan	23,$_5$
orhit	11,$_1$
orhit	16,$_1$
oro	14,$_6$
ororen	3,$_6$
ororen	5,$_5$
orotara	19,$_2$
orotaric	9,$_1$
pena	4,$_2$
pensatuyac	24,$_3$
potestatia	19,$_4$
preciatuya	9,$_4$
qhonduya	10,$_5$
saluacia	18,$_1$
seme	4,$_5$
tristia	2,$_7$
vadirogu	21,$_3$
vaduc	14,$_4$
veguietan	5,$_3$
vercian	22,$_2$
verriz	15,$_6$
vertan	14,$_5$
vertan	15,$_5$
vicia	5,$_6$
vicia	18,$_5$
vihoz	7,$_5$
viocian	6,$_1$
vqhen	14,$_3$
ychasoa	17,$_3$

(24 lignes) **136**

abocacen	11,1
adi	1,2
afer	5,3
aguerturen	12,4
aguian	14,5
aizina	14,6
anhiz	15,1
apellacia	5,6
arartecoac	10,1
arimaz	21,1
artian	19,6
asqui	21,2
azpian	17,5
azquen	20,5
bano	23,2
bat	8,1
behar	14,1
behardugu	18,1
beqhataria	9,5
bi	22,5
bideren	22,6
cer	9,2
chipia	7,3
contra	10,3
damnaçeco	23,3
date	5,4
dauguinian	4,2
doa	15,4
ecetare	7,1
eduqui	18,3
egarrico	8,3
eguin	3,1
eguin	13,4
eguinendut	9,3
eguiteco	20,3
eguiteco	21,3
egun	16,4
egun	17,2
ehor	24,1
ehorc	11,3
ehorc	16,2
ehori	6,2
elas	13,1
eman	2,4
enganatu	15,3
epphia	6,6
erdian	22,7
eryoa	4,1
estimacen	7,2
ez	7,4
eztadila	24,3
eztaquique	11,2
eztemayo	6,3
eztu	16,3
eztugun	20,2
eztuquegu	14,3
faltaturen	10,2
fida	24,2
finian	20,6
gaixo	9,4
gauça	18,5
gaucez	19,2
gauden	22,4
gortian	11,5
gucia	18,6
guero	14,4
guero	20,1
guguirade	17,1
guiren	19,5
gure	3,4
gure	18,4
gure	19,1
handia	7,5
handia	10,5
handiaz	1,5
harc	6,1
haren	4,4
haren	11,4
hari	5,5
hartan	5,2
haxia	8,6
heçaz	20,4
hersia	2,6
heryoaren	17,4
iende	15,2
ieyncoaren	1,3
iuge	10,4
iusticia	1,4
luçamenduyaz	15,5
meçuya	4,5
merexituya	3,5
nola	2,1
nola	22,3
oguen	12,1
oray	13,5
ordenatu	19,3
ordu	5,1
orduyan	8,4
orduyan	9,1
orduyan	12,5
orduyan	14,2
orduyan	21,5
oren	6,4
orhit	1,1
oro	12,2
oroc	2,2
oroc	13,3
oroz	3,2
oroz	17,3
osso	19,1
othoy	13,2
othoy	22,2
othoy	24,4
penitencia	13,6
pensa	22,1
perileco	23,4
prest	18,2
publicoqui	12,3
punduyan	23,5
qhondu	2,5
recebitu	3,3
salua	23,1
seguraturic	16,1
vaduquegu	21,4
vanitatian	24,5
vaten	6,5
vaten	16,5
vayta	4,3
vederac	8,2
vehardugun	2,3
vere	8,5
vicia	16,6

aguian	16,$_2$
albaditu	17,$_3$
ardiac	6,$_4$
arimaren	8,$_5$
arraxaldian	6,$_5$
artian	26,$_5$
arzayn	6,$_1$
aytor	20,$_4$
bat	8,$_1$
bederac	8,$_2$
beqhatore	2,$_5$
beqhatore	20,$_6$
beqhatorec	10,$_1$
beqhaturic	26,$_2$
beqhtuyaz	3,$_1$
bide	22,$_4$
bigarren	24,$_1$
cendut	20,$_5$
ceren	4,$_1$
confessione	16,$_5$
contra	14,$_3$
contra	23,$_6$
çuhur	13,$_1$
çure	23,$_5$
damnacendu	3,$_2$
damu	23,$_4$
denac	13,$_2$
denian	15,$_5$
deramagu	4,$_4$
dicit	23,$_2$
dicit	25,$_4$
doha	18,$_5$
dolu	23,$_1$
dudala	21,$_6$
duen	9,$_3$
dute	10,$_3$
eceyn	11,$_4$
eçiraden	1,$_2$
egon	12,$_2$
eguia	19,$_2$
eguia	24,$_2$
eguiaz	17,$_6$
eguin	13,$_5$
eguinaz	23,$_7$
eguitiaz	21,$_3$
eguraldi	7,$_4$
ehorc	17,$_4$
elas	2,$_1$
emanen	16,$_4$
epphia	16,$_6$
eramayten	7,$_3$
erc	17,$_5$
ere	18,$_2$
eryoa	15,$_1$
eryoaren	14,$_2$
eta	5,$_1$
eta	16,$_1$
eta	21,$_1$
eta	23,$_3$
ez	16,$_3$
eztohen	13,$_4$
eztudan	22,$_5$
faltaz	5,$_4$
finian	9,$_6$
gabia	11,$_6$
gaizqui	21,$_2$
galcen	5,$_5$
gauça	17,$_2$
gaycian	7,$_5$
gaynian	8,$_6$
glorian	1,$_5$
goardaceco	26,$_1$
gogo	25,$_3$
gucia	2,$_6$
guhaurc	5,$_2$
gure	5,$_3$
gureburuya	5,$_6$
guti	15,$_3$
hambat	4,$_2$
handi	11,$_2$
handi	21,$_5$
handia	10,$_5$
hango	12,$_4$
hara	13,$_3$
harmac	14,$_1$
hil	18,$_3$
hirur	17,$_1$
hona	20,$_3$
hona	25,$_2$
honerat	7,$_2$
honetan	25,$_7$
hunat	2,$_3$
hura	9,$_4$
iangoycuac	3,$_3$
iauguitenda	15,$_2$
iaun	20,$_2$
lehen	19,$_1$
leqhu	7,$_1$
munduya	3,$_4$
nic	22,$_1$
niçala	20,$_7$
niçan	26,$_4$
nola	9,$_1$
nola	18,$_1$
o	20,$_1$
offensatu	22,$_3$
oguen	21,$_4$
oiaun	25,$_1$
oren	25,$_5$
oroc	6,$_2$
othoy	2,$_3$
pausu	11,$_5$
pena	10,$_4$
pena	11,$_1$
penitencia	13,$_6$
pensa	8,$_3$
present	25,$_6$
saluamenduyan	18,$_6$
saluaturen	9,$_2$
sarthu	1,$_3$
saynduyac	1,$_1$
seculacoz	12,$_1$
sugar	12,$_5$
vanitatez	1,$_4$
vaycitut	22,$_2$
vaytadi	18,$_4$
veça	8,$_4$
veçala	22,$_6$
veccatutan	4,$_3$
veha	2,$_4$
vehar	12,$_3$
vere	9,$_5$
vici	26,$_3$
vicia	4,$_5$
vician	12,$_6$
vilcenditu	6,$_3$
vste	15,$_4$
ycigarri	11,$_3$
yfernuyan	10,$_2$

(26 lignes)

absoluacen	$13,_1$
afertuçu	$16,_7$
albayliaqui	$9,_1$
albayteça	$21,_3$
apezeq	$12,_1$
apezpicuq	$12,_3$
aytasaynduc	$12,_6$
ayte	$22,_3$
beça	$11,_4$
beci	$22,_5$
beqhatuyac	$10,_2$
bercer	$23,_1$
bere	$10,_1$
bethiere	$14,_2$
bethiere	$21,_3$
bothereric	$13,_4$
buruyan	$20,_6$
çinhex	$11,_3$
compliceco	$6,_3$
confessatu	$10,_6$
confessionia	$5,_4$
confirma	$7,_4$
conuersa	$21,_4$
çuc	$1,_3$
çuc	$7,_3$
dateyela	$9,_5$
denian	$4,_6$
diacuxu	$15,_6$
dicit	$4,_4$
didan	$6,_4$
diligencia	$18,_5$
duda	$9,_2$
duyan	$19,_4$
duyana	$24,_7$
eçac	$17,_2$
eçac	$20,_3$
eceyn	$13,_3$
ecin	$9,_4$
ecin	$22,_2$
eçuqueyena	$23,_5$
eguia	$3,_2$
eguiazqui	$5,_1$
eguiazqui	$8,_3$
eguin	$23,_2$
eguiteco	$5,_2$
egun	$17,_3$
ehorc	$8,_4$
emac	$18,_4$
ene	$7,_5$
enganatu	$11,_7$
ere	$10,_5$
ere	$24,_4$
eta	$1,_6$
eta	$8,_1$
eta	$11,_1$
eta	$19,_1$
etare	$6,_2$
etare	$12,_5$
etare	$24,_2$
etchia	$17,_7$
eure	$18,_1$
eure	$19,_2$
ez	$12,_2$
ez	$12,_4$
ez	$24,_1$
ezpaditu	$8,_6$
eztaçala	$23,_3$
eztenac	$11,_6$
eztu	$13,_5$
falta	$24,_3$
gabe	$9,_3$
gabe	$16,_2$
gaixtoequi	$22,_1$
gariçuma	$4,_5$
gauça	$18,_2$
gauça	$20,_4$
gayzqui	$22,_4$
gogo	$2,_1$
gogo	$4,_3$
gogua	$15,_5$
gogua	$16,_1$
gracia	$1,_7$
gucian	$2,_6$
gucietan	$18,_3$
guhaurc	$15,_1$
gure	$15,_4$
hala	$8,_3$
hala	$11,_2$
halacoaren	$13,_2$
heren	$3,_1$
heure	$17,_6$
hiaurc	$24,_5$
hiçac	$16,_5$
hona	$4,_2$
honequila	$21,_1$
honetan	$2,_2$
honi	$25,_2$
hoyec	$8,_2$
hura	$16,_3$
iangoycua	$14,_1$
iangoycua	$20,_1$
iauna	$1,_2$
iauna	$7,_2$
indar	$1,_5$
lauda	$20,_2$
legue	$25,_1$
nahi	$11,_5$
nahi	$23,_4$
nahi	$24,_6$
nahiduyena	$25,_6$
neure	$2,_4$
neure	$5,_3$
oiaun	$4,_1$
onsa	$17,_5$
oro	$10,_3$
oro	$16,_6$
ororen	$20,_5$
oroz	$17,_4$
othoy	$1,_1$
othoy	$7,_1$
penitencia	$6,_5$
penitencia	$19,_5$
prouecha	$22,_6$
regla	$17,_1$
salbu	$9,_6$
salbu	$25,_5$
segui	$25,_3$
segurago	$15,_3$
sodiagoçu	$14,_4$
trabayluya	$19,_3$
vaditu	$10,_4$
vano	$15,_2$
vay	$6,_1$
vaytan	$16,_4$
vedi	$25,_4$
vici	$2,_5$
vihocera	$14,_3$
vorondatia	$7,_6$
ydaçu	$1,_4$
yrauteco	$2,_3$

adoreçac	2,1
alabac	10,3
ama	5,3
apphaynduric	23,3
arma	20,1
arma	20,2
aycinetic	17,5
aysira	16,6
ayta	5,1
ayzina	18,6
bat	23,4
bat	25,3
beccatutan	16,1
bederac	23,5
beguira	23,6
bercen	10,1
bethi	16,4
causa	3,5
ceru	21,1
creadore	21,5
çuhurcia	19,4
daquion	25,4
desira	10,5
deuotqui	4,5
diçagula	13,3
dira	12,3
dira	16,8
ebaxi	8,3
eçetare	11,1
eduqui	8,5
egun	17,1
ehonere	26,1
ehor	6,1
ehorc	18,4
ehorere	26,2
emanic	12,5
emazte	10,2
emazteric	7,4
ere	18,5
erho	6,2
escapatu	26,3
eta	4,2
eta	5,2
eta	21,2
etare	6,5
ez	3,3
ez	6,4
ez	7,5
ez	8,4
ez	10,4
ezquiten	17,4
eztaçala	6,3
eztaçala	8,2
eztemala	9,3
eztira	15,5
eztuquegu	18,3
falsuqui	9,5
fama	9,1
gabe	3,6
gaberic	26,4
gal	17,3
gauden	23,2
gaycetsi	6,6
gayciq	9,2
gaynetiq	2,5
gayxtoqui	10,6
gende	25,1
generala	14,2
generalaz	15,2
guiten	13,5
hamar	1,1
han	18,1
handia	21,6
handida	19,5
handira	20,6
harçan	19,1
haren	3,1
hartan	17,2
hegatic	13,6
helduda	22,4
hoc	13,1
hoyec	12,2
hunqui	7,6
iãgoycobat	2,2
iangoycuac	12,4
iosafaten	25,5
iudicio	14,1
iudicio	15,1
iudicio	20,5
iura	3,4
iustoqui	11,4
iuyacera	22,2
lagunari	9,4
lecotbedi	11,3
lucequi	5,7
lur	21,3
manamendu	24,1
manamenduyac	1,2
manamenduyac	12,1
mundu	20,3
mundugucieta-ric	24,3
munduyaren	22,1
nola	15,3
nola	23,1
norc	7,1
ohoraiçac	5,4
onhestz	2,3
orduyan	18,2
orhit	15,4
orhiteia	19,3
oro	20,4
oro	25,2
ororen	21,4
oroz	2,4
rigorosqui	22,3
salua	13,4
sanctifica	4,4
vanoqui	3,7
vayecila	7,3
veguira	13,2
veguira	17,6
vercerena	8,1
vere	10,5
veria	7,2
vestac	4,3
vici	5,5
vici	16,3
vilduric	25,6
vnhasuna	11,2
vnsa	19,2
yçan	5,6
ycena	3,2
ygandiac	4,1
ygortendu	24,2

(26 lignes)

andi 7,3
arima 9,1
artian 15,2
aycinera 3,4

bi 5,4
bier 19,2

cer 10,4
cerbiçacen 16,3
cerden 22,5
ceren 14,1
ceru 1,1
ceru 13,3
contra 14,4

dabil 14,2
dacacela 3,3
dacussat 15,4
darayela 10,3
daude 1,5
dela 18,4
desconoci 17,2
diten 20,3
dugun 16,2
duyen 12,2

eçaguçen 18,3
eceyn 2,3
eceyn 21,4
egundano 23,4
elgarrequi 20,1
emanen 10,2
emanendu 19,3
eryoa 2,1
eryoan 13,1
escapaceric 6,5
eta 1,2
eta 7,4
eta 9,2
eta 10,1
eta 13,4
eta 18,1
eta 21,3
exaya 16,6
ez 23,4
ezpa 6,2
ezta 6,4
ezta 23,2
eztuquela 4,3

falta 2,4

gaberic 2,5
gaberic 8,4
gabia 18,6
gabian 21,6
garrian 20,5
gaynian 11,7
gende 11,1
glorian 6,1
gorpucetan 9,3
gucia 1,4
gucietan 9,3
gure 15,1
gure 16,5
gure 17,3

hanbat 16,4
handia 12,5
handia 15,6
handirenac 8,1
hantic 4,1
harat 4,2
haren 14,3
harren 19,1
haur 15,3
hersiric 5,6
hilac 3,1
honac 11,2
hunen 11,6

iagoytic 4,5
iagoytic 23,6
iangoycoa 17,1
iarrirenda 5,3
içan 23,3
içanen 23,5
icussi 9,6
ifernuco 20,4
iuge 11,5
ixutarçun 15,5

lecutan 5,5
luçamendu 8,3
lur 1,3
lurrian 13,5

manacendu 2,2
manacendu 7,1
mereci 10,6
mundu 5,1

nahi 9,4
nola 12,1
nola 16,1

onsa 11,3
onsa 22,3
oro 3,2
oro 5,2
oroc 18,2
oroc 22,1
othoy 22,2

pausu 21,5
pena 20,2
pensa 11,4
pensa 22,4
piçuya 19,5
potestate 12,4

saluaçalia 17,4
seculaco 21,1
sentencia 19,4
suyan 21,2

tuyela 9,5

vada 14,5
vaytute 10,5
veqhatoria 14,6
viciric 3,5
vide 18,5
vortizqui 7,5
vothereric 4,4

yfernuya 7,2
yfernuyan 6,3
yfernuyan 13,2
ygoriçan 8,2
yqharaturic 1,6
yrabacia 22,6

(23 lignes) **126**

acusacen 20,$_3$
acusari 12,$_1$
aguerico 13,$_5$
aldetic 20,$_5$
anhiz 4,$_1$
apphaynduric 19,$_3$
azpitic 19,$_4$

bayetare 7,$_1$
baytu 11,$_1$
beccatuyac 21,$_1$
beqhatoren 14,$_1$
beqhatu 13,$_1$
bere 7,$_3$

causa 6,$_5$
cerenduten 15,$_1$
cerraturic 17,$_2$
conciença 23,$_4$
conciencia 12,$_5$
contra 14,$_2$
contra 22,$_2$
contra 23,$_2$
creaçalia 15,$_4$
çucena 8,$_5$

date 10,$_4$
date 12,$_3$
date 14,$_3$
date 23,$_3$
datenian 8,$_2$
daude 17,$_3$
deçan 6,$_3$
deçan 9,$_3$
defendentac 7,$_2$
defensionia 7,$_4$
demandantac 6,$_1$
duqueyen 8,$_4$
dute 3,$_4$
duyen 5,$_2$

egonenda 18,$_4$
eguiaz 6,$_6$
eguinic 22,$_6$
egun 10,$_1$
ehonere 24,$_4$
eman 9,$_2$

erran 6,$_2$
escusatu 3,$_5$
escuynetic 21,$_3$
estalceco 24,$_1$
eta 2,$_2$
eta 12,$_4$
etare 1,$_5$
exay 20,$_1$
ez 1,$_4$
ez 24,$_2$
ezquerreco 20,$_4$

gaberic 3,$_6$
gauça 4,$_2$
gayça 20,$_2$
gaynetic 18,$_5$
gaynian 5,$_6$
gaynian 11,$_3$
gayzquienic 23,$_1$
gucia 14,$_6$
guciac 17,$_5$
guero 2,$_5$
guituc 22,$_4$

handia 11,$_5$
handian 4,$_5$
handiric 1,$_3$
hara 3,$_2$
hartan 10,$_2$
hartan 16,$_2$
hayen 15,$_3$
hayn 1,$_2$
heben 22,$_3$
hilez 2,$_4$
hire 22,$_1$

iabia 10,$_7$
iauna 18,$_2$
içanen 24,$_3$
ihaurorrec 22,$_5$
iraturic 18,$_3$
iudicio 1,$_1$
iudicio 4,$_4$
iuge 10,$_3$
iuge 18,$_1$
iugeac 5,$_1$
iugiac 9,$_4$
ixildauque 16,$_3$

leqhuric 24,$_5$

minçaturen 21,$_3$
mundu 10,$_5$
mundu 14,$_5$

norc 8,$_3$
nori 9,$_5$

ofenditu 15,$_3$
ordu 16,$_1$
orduyan 13,$_5$
orduyan 14,$_4$
oro 13,$_2$
oroc 3,$_1$
ororen 5,$_5$
ororen 10,$_6$
ororen 11,$_2$
orotaric 17,$_1$

parte 5,$_4$
paussu 17,$_4$
pizturic 2,$_6$
porogatu 8,$_1$
potestate 5,$_3$
potestate 11,$_4$
publicoqui 13,$_3$
publiqui 21,$_4$

sentenciaz 9,$_1$
sorcecoac 2,$_3$
sortu 2,$_1$

triste 16,$_4$

varnetic 23,$_5$
vehar 3,$_3$
vehardira 4,$_3$
veqhatoria 16,$_5$
vera 12,$_2$
vere 6,$_4$
veria 9,$_6$
vorthizich 1,$_6$

yfernuya 19,$_3$
yrestera 19,$_1$

aduocatu	11,2	eta	11,4	iurista	10,1
aferdate	18,1	eta	13,1	iuyaturen	17,3
aguercera	1,1	eta	13,5	ixilic	3,7
aguerico	12,3	eta	14,5	malicia	20,1
aicinetic	23,3	eta	15,2	maliciac	12,6
apellacia	18,5	eta	17,1	marques	7,3
apphez	14,4	eta	17,5	mayte	20,5
ardioroz	15,3	eta	20,4	mundu	2,1
armadaco	8,3	ez	4,3	nobliac	7,8
ayta	14,1	ezeynere	4,5	nondirate	6,1
berez	15,1	eztaçagu	19,2	norc	1,2
çaldun	7,4	eztugun	22,4	notariac	11,5
cardenale	14,5	gaberic	5,7	oray	21,5
cautela	13,4	gayci	20,2	ordu	1,4
çayca	20,3	gaynian	19,5	ordu	3,3
chipia	17,6	ginendira	23,2	ordu	9,1
clarqui	12,4	guero	22,3	ordu	12,1
conde	7,2	guiçon	8,4	orhit	5,3
conduya	15,7	guiten	5,4	oro	2,2
contra	2,5	guti	9,4	oro	3,5
doctoriac	10,6	guti	13,2	oro	24,3
duque	7,1	han	15,6	oroc	21,3
ebiliren	24,2	handia	17,4	othoy	5,5
egonen	3,6	handia	22,6	othoy	21,2
egonenda	2,3	handiena	16,3	othoyc	4,6
eguia	20,6	hara	5,6	parleriac	13,6
eguin	21,4	harçaz	5,2	penitencia	21,6
eguinen	1,3	hari	18,4	poeta	10,4
eguiteco	22,5	hartan	1,5	potenciac	9,6
egun	5,1	hartan	3,4	prelatuyac	14,6
egun	6,2	hartan	6,3	procurador	11,1
egun	16,1	hartan	9,2	sayndu	14,2
egun	18,2	hartan	12,2	saynduac	3,1
egun	22,1	hartan	16,2	sendoen	8,5
ehonere	19,1	hartan	18,3	seynaliac	23,1
elas	21,1	hartan	22,2	theologo	10,3
elementac	24,1	hayen	2,4	tribulaturic	24,4
eman	15,4	hayen	8,2	tristeric	23,4
ençunen	4,4	hayen	9,5	valentiac	8,6
ere	3,2	hayen	12,5	valiaco	9,3
ere	4,2	hebengo	6,4	valiaco	13,3
erratuya	16,5	iarriric	2,6	vardin	17,2
erreguiac	6,6	iaun	6,5	vathiric	1,6
eta	7,5	iaun	7,7	vehar	15,5
eta	8,1	iaunic	19,3	verce	7,6
eta	10,2	iuge	11,3	vere	19,4
eta	10,5	iugeac	4,1	yçanenda	16,4

(24 lignes)

aicinian	21,4
airian	23,3
aldean	18,5
arima	15,1
arrangura	24,3
arrasaturic	8,5
arraynac	3,2
ayre	6,3
ayrian	17,6
beccatoreac	19,1
beccatorer	24,1
çaticaturic	7,6
cerutic	22,4
çuhamuyec	5,1
çuyen	14,5
dacartela	5,2
dagoenian	21,1
dançuteno	20,2
deçan	10,4
dohen	11,5
dolorezqui	19,2
dugu	16,4
ebiliren	3,4
ecinic	1,4
egonen	18,2
egonenda	23,2
eguinendu	24,2
elgar	7,5
erreric	12,6
escoynetic	18,3
escusatu	16,5
eta	2,4
eta	4,1
eta	7,2
eta	11,2
eta	12,1
eta	15,2
eta	18,1
gaberic	9,6
gaberic	16,6
gauça	10,1
gaynian	20,4
gende	21,2
gora	23,4
gorpucetan	15,3
goyti	2,3
goyti	17,5
gucia	12,5
gueitic	11,7
hala	12,2
handiric	24,4
hango	3,1
hara	16,2
hariqueta	20,1
harri	7,3
hertan	17,4
hilac	14,1
hobietaric	14,6
huna	14,4
ialguiric	3,5
iarrirenda	8,3
iarrirenda	12,3
iarriric	23,5
iauguin	9,5
iauguinenda	22,1
iaunac	9,2
iayqui	14,3
icigarri	4,3
icituric	3,3
igorciriz	6,2
iguzquia	1,1
ilharguia	1,2
iosafaten	23,1
iqharaturic	4,5
iuge	9,1
iugearen	18,4
iustu	17,1
lehenic	10,7
lur	12,4
lurra	4,2
lurrian	19,4
manaturen	9,3
mendi	7,1
minçaturen	13,2
mundu	8,1
mundu	11,6
munduguicieta-ric	13,3
odolctan	1,3
odolezco	5,3
oro	4,4
oro	6,4
oro	7,4
oro	8,2
oro	10,2
oro	11,4
oro	14,2
oro	15,4
oro	17,2
oro	21,3
oroc	16,1
pizturic	15,6
quirax	11,3
rigorosqui	22,2
samurric	6,5
samurturic	2,2
saxu	11,1
saynduyequi	22,3
sentencia	20,3
sugarrian	19,3
suyac	8,4
suyac	10,6
tenpestatez	6,1
trompetada	13,1
vehar	16,3
veheyti	2,5
vehin	10,5
vera	9,4
vertan	15,5
vilduric	21,5
xahu	10,3
ycerdi	5,4
ychasoa	2,1
yganenda	17,3

(24 lignes)

anhicetan	19,2
anhicetan	21,3
ansia	22,6
ararteco	16,4
arimac	12,6
armaturic	3,4
aynguruyac	16,1
ayria	15,7
baietare	12,5
bay	23,1
baytuçuye	22,3
beccatorer	7,2
beharrian	19,3
bicicinetenian	8,4
buluzcorria	20,5
cerda	18,3
cerere	11,1
çeruyac	13,6
conplacitu	23,3
contra	3,2
contra	23,5
çuyec	22,1
çuyeganic	10,5
çuyegatic	17,1
çuyen	9,6
çuyen	16,2
çuyen	18,4
çuyendaco	13,1
çuyer	9,5
dauguinian	5,2
dira	11,5
ditut	13,3
dolorezqui	7,3
eçarridut	17,2
eçarriren	1,3
ecineten	8,2
egarria	20,3
egocitu	4,4
eguin	13,2
eguinic	9,4
ene	21,1
ene	23,4
eniac	11,6
erdiraturic	1,5
erhoqui	23,2
eri	20,1
erranendu	7,1
esquer	10,1
eta	12,2
eta	13,5
eta	14,3
eta	20,4
exaya	23,6
eztu	6,2
eztut	10,4
fructu	14,4
galdeguinic	21,4
gendia	3,5
gincenian	3,3
goarda	16,3
gorpuz	12,1
gosse	20,2
guciac	12,4
guciac	14,5
guero	17,3
guti	22,5
hanbat	9,1
handian	5,4
harceco	15,6
haren	1,4
haren	3,1
hartan	6,5
hartu	2,1
hax	15,5
heçaz	22,4
hiçac	1,2
hiz	4,1
hon	11,2
hon	12,3
honbat	10,2
hoyegatic	18,1
hurac	15,3
huxbatez	4,2
iciturie	4,3
icussiric	19,1
ilharguia	14,2
iuyacera	5,1
limosna	21,5
loxaturen	6,3
lurra	13,4
lurrian	4,5
magestate	5,3
mendian	9,7
munduya	6,6
nahiçuyenian	2,2
neure	17,4
nic	9,3
niçaz	8,1
nola	6,1
ongui	9,2
ordu	6,4
orduyan	7,4
orhit	8,3
oro	1,1
oro	11,4
orogatic	18,2
paguya	18,5
passione	2,3
pobria	19,4
sayndua	2,4
saynduyac	16,5
suyac	15,1
vaytuçuye	11,3
vero	15,2
vicia	17,5
vician	10,6
vqhen	10,3
vqhen	22,2
xahu	15,4
ycenian	21,2
yguzquia	14,1

C ij verso (C 4) 20

adisquidiac	14,5	eta	3,3	iende	11,2
alegria	16,4	eta	4,1	ieyncoarequi	19,2
alegueraqui	19,4	eta	15,2	ifernuco	3,1
anhiz	5,2	eta	24,5	ifernuyan	18,2
bayeci	17,7	execucionia	5,4	ilharguia	23,1
bayetare	1,3	ezta	5,1	irexiren	7,3
begui	23,4	ezta	17,3	luçaturen	5,3
beguiz	23,3	ezta	21,2	lurra	6,4
bertan	6,1	gabia	10,5	maradicionia	2,5
bethi	15,1	gauden	15,4	munduya	1,4
bethi	18,3	glorian	15,6	nequia	3,5
bethi	19,3	goacen	14,1	nola	9,2
bi	17,5	gucia	4,5	o	12,1
ceruya	21,1	gueldiric	22,4	occidenten	23,2
conpaynia	4,3	guero	13,4	oray	2,1
conplituric	16,3	guiçaçu	12,5	oren	6,5
çuc	12,4	gure	20,3	orienten	22,3
çuyen	2,3	hanbat	11,1	oro	7,4
çuyen	4,2	handi	10,2	oro	14,2
daco	2,4	handia	9,6	oro	16,2
daguiela	20,2	handian	16,5	othoy	12,6
damnaturen	11,4	hantic	12,7	partia	20,4
damnatuyac	18,1	hantic	17,1	remedio	10,4
damu	9,5	hantic	21,4	saluatuyac	19,1
damu	10,1	haraguia	1,2	seculacoz	11,3
date	6,2	harat	17,2	seculacoz	15,3
dela	2,2	harat	21,5	su	7,1
demonio	1,1	harequi	7,2	suya	3,2
demonio	4,4	haur	8,1	varnian	7,6
denian	11,5	heben	9,4	veccatoren	8,3
desir	16,1	honec	24,2	veguiac	13,5
ditu	13,3	hoyequi	20,5	veguira	12,8
dolorerequi	18,4	huna	12,3	vere	7,5
eben	24,4	iagoytic	21,6	veretara	13,1
ebiliren	21,3	iagoytic	24,6	verian	6,6
egonenda	22,2	iagoytico	3,4	vndar	8,4
egun	24,1	iangoycuac	20,1	yçanen	8,2
elas	9,1	iarriric	23,5	yçanenden	9,3
elgarrequi	14,3	iaun	12,2	yguzquia	22,1
ene	14,4	içanen	17,4	yrabacia	8,5
ene	15,5	içigarri	10,3	yraunendu	24,3
erretatu	17,6	içuliren	13,2	yrequiren	6,3

(24 lignes)

aduocata	14,2
alabana	1,1
ama	9,2
ama	12,2
ama	21,4
andere	19,4
anderia	9,3
anderia	11,3
are	7,1
arimac	5,5
ave	11,1
aycinera	18,3
aypacera	17,3
baguirere	3,2
baldin	6,1
bayniz	18,5
beccatore	3,1
beccatore	15,4
beccaturic	5,1
beccatutan	24,3
beqhatoren	14,1
bethe	19,2
bethia	11,6
buruya	22,6
carioqui	16,1
ceren	18,4
ceru	13,1
ciren	19,3
confortaria	14,4
creaçalia	2,6
çuc	21,1
çuçaquiztan	16,3
çucirade	2,4
çugana	15,2
çure	4,6
çure	9,1
çure	17,4
çuretaric	8,1
çuriac	3,5
çutan	7,4
daquigula	9,4
diacusaçut	22,3
digne	17,1
dignia	13,6
duçu	7,2
eguiguçu	8,4
eguina	4,7
elas	21,3
enaçaçula	20,1
erideyten	6,2
erreguina	13,5
eta	13,2
eta	14,3
eta	20,4
ez	1,2
ez	18,1
ez	20,5
ezpaniz	17,2
eztadin	4,4
eztia	21,5
falta	6,5
faltaz	4,2
gabia	23,7
gal	4,3
galdu	22,4
galduya	24,5
garbizaçu	5,2
gauça	23,3
gauçaviciric	1,5
gitera	18,2
gracia	8,5
gracia	11,4
guibelabadidaçu	21,2
guira	3,4
guiren	8,2
gure	2,5
gure	4,1
gure	5,4
gutan	6,4
hanbat	23,1
handia	6,6
handia	15,5
handia	19,5
handiago	7,3
hartan	22,2
heben	1,4
hona	2,3
iaun	2,2
içanen	1,3
ieyncoaren	12,1
iur	13,3
maria	11,2
menosprecia	20,6
misericodiaz	19,1
nabilena	24,4
neure	22,5
ni	15,1
ni	23,5
niatorqueçu	15,3
nuçu	23,2
o	2,1
oracionia	10,1
ordenatuya	12,5
ordu	22,1
oren	24,1
oro	3,3
ororen	13,4
orotan	23,4
oroz	11,5
oroz	24,2
othoy	4,5
othoy	5,3
othoy	8,3
othoy	20,2
othoycera	16,2
pietatia	7,5
saxuya	18,6
saynduya	17,6
vada	6,3
valia	9,5
valia	16,4
verac	12,4
verthute	23,6
virgen	12,3
ycen	17,5
yrayz	20,3

[illegible]

ama	3,5
ama	12,2
ama	12,5
andere	17,9
ardi	1,5
arima	20,4
baicira	3,2
baitaguiçu	14,4
beccatoren	7,3
beccatutan	5,2
bethi	1,2
bethi	2,4
cer	14,1
ceru	13,1
ciren	12,3
complitugucia	14,6
çu	3,1
çuc	9,1
çuc	14,2
çuc	16,3
çuc	22,3
çuçaquiçat	21,4
çure	10,1
çure	15,2
çuri	11,2
çuri	16,5
çuri	19,1
çutan	7,1
dago	7,2
daçaçun	16,4
demaçuna	9,3
den	14,5
dena	10,3
duçun	13,5
dudan	20,6
duten	15,4
eceyn	16,4
eguidaçu	6,3
eguidaçu	18,3
egundano	5,1
emandici	11,3
ene	22,5
enganatuya	2,5
ere	12,6
erratyua	1,3
escutic	15,3
eta	1,1
eta	3,6
eta	4,2
eta	8,3
eta	13,2
eta	15,1
eta	16,1
eta	19,5
eta	20,3
eta	20,5
eta	22,1
eta	23,1
eta	23,5
excelente	17,3
gabia	5,3
gabia	17,6
galde	14,3
galduya	9,6
goberna	22,4
gomendacen	19,2
gomendatuya	16,6
gomenduyan	10,2
gorpuz	20,2
gracia	3,3
gracia	6,4
gracia	15,7
gracia	18,4
gracia	23,6
gucia	7,5
gucia	20,7
gucia	22,7
gucien	4,4
guero	12,4
guibela	9,2
halaverda	10,4
hanbat	13,6
handia	4,6
handia	11,5
haraguiac	2,3
haren	12,1
hila	19,4
hon	4,3
hunec	2,2
ieyncoac	11,1
ieyncoaganic	23,3
indar	23,1
lur	13,3
maculatu	5,3
maytia	12,7
mundu	2,1
neure	20,1
niçan	18,2
nola	1,4
nola	9,4
nuçu	19,3
o	17,1
orduyetan	21,3
oroc	15,6
ororen	3,4
orotan	13,4
ossagarri	8,2
othoy	21,1
othoy	22,2
pare	17,5
potestate	11,4
remedio	7,4
salbuya	10,5
salua	16,2
saluamenduya	8,4
saluatuyetaric	18,1
seguiçeco	6,3
sperança	8,1
thesorera	4,5
valia	13,7
valia	21,5
vayta	9,5
vehar	21,2
verce	15,5
verthute	4,1
verthutetan	6,1
vici	22,6
vicia	19,6
yrabaz	23,2
yturburuya	3,7
yxuya	1,6

ama	14,5
ama	22,6
ararteco	15,1
arima	16,5
arimaren	9,1
aue	23,5
ayutaria	15,5
bana	7,1
baquia	18,5
barqhaturic	19,2
baytut	10,4
beccatutan	5,1
beccatuyac	19,1
beccatuyez	1,1
beguira	4,1
behar	10,3
çeren	22,1
citen	22,4
condu	10,6
çu	13,3
çure	7,2
çure	16,2
çure	18,1
çure	20,4
çuri	23,4
damnaturic	6,2
dauguinian	8,3
deramadan	2,4
didan	19,3
dudan	7,4
eguidaçu	5,4
eguidaçu	18,4
egiun	3,2
eguin	11,1
eguiteco	1,2
eman	10,5
ene	4,4
ene	8,4
enoyan	6,3
erranendut	23,3
eryocia	8,5
escutic	7,3
eta	2,1
eta	3,1
eta	8,1
eta	12,1
eta	15,3
eta	20,1
eta	21,1
etare	13,2
ez	12,2
ez	13,1
eznadin	5,3
ezpacira	13,4
ezteçan	17,4
eztia	14,6
eztia	22,7
galduya	6,4
gaoyan	12,5
gauça	3,3
gogo	23,1
gomenduyan	16,3
gorpuz	4,5
gracia	5,5
guero	2,3
guero	8,2
handacusadan	20,3
har	16,4
haren	3,5
haren	21,4
hartan	10,2
hartan	14,2
hartan	17,2
helçaquiçat	14,3
hersia	10,7
hil	5,2
honez	23,2
iaquin	12,3
iaunarequi	18,3
io	17,3
lauda	21,3
lehen	12,4
leyal	15,2
magestatia	21,5
maria	23,6
merexituya	11,5
mescabutic	4,3
neure	11,4
neure	15,4
nic	20,2
niçaz	22,5
nondaten	12,6
nordaquidan	13,5
ordu	10,1
ordu	14,1
ordu	17,1
oren	9,3
orhit	22,3
orotan	3,4
oroz	11,2
ostatuya	12,7
othoy	4,2
othoy	14,4
othoy	16,1
parabiçuya	19,4
particeco	9,2
penitencia	1,4
pobria	4,6
recebitu	11,3
saluaceco	7,5
saynduyequi	21,2
seculacos	6,1
seme	18,3
tristia	16,6
valia	13,6
veguitartia	20,5
verthutetan	2,3
vicia	2,5
vidia	7,6
vidia	17,6
vnsa	1,3
vnsa	22,2
vorondatia	3,6
ycigarria	9,4
yfernuco	17,5

(23 lignes)

aguian	7,3
amore	10,7
amorebat	8,1
amoretan	13,1
amoretan	14,1
amoria	18,2
amorosac	6,1
amorosen	3,1
andre	5,1
andredona	1,4
andredona	4,6
anhicetan	16,4
anhiz	12,1
anhiz	22,1
anhiz	22,5
arima	12,3
arimaren	17,4
badu	22,4
balinetan	9,1
bana	11,1
baten	13,3
batere	11,6
batere	14,4
beccatuya	21,1
beqhatuzco	18,1
bercec	4,1
berceric	4,2
berere	17,5
bethi	18,3
ceynbaytere	10,6
çogueridate	19,4
conseylubat	8,3
daquigula	5,3
date	17,2
date	18,4
dauguinian	19,2
derrana	1,3
dicit	10,5
dira	13,5
dolore	13,6
duçun	2,3
duyenori	16,3
ederrez	15,2
eguia	19,3
enzun	7,4
ere	10,3
ere	21,5
erioa	19,1
eta	2,5
eta	4,4
eta	12,6
ezpa	15,3
eztadin	15,6
eztut	11,3
gal	12,4
gayzenic	17,3
gaztiguric	7,2
gaztiguya	3,2
gogoan	4,3
gogoan	9,3
gomendatu	2,2
gucior	5,4
gueldicenda	21,2
guero	21,4
hancra	12,5
hantic	11,2
hartuduten	20,1
haur	1,2
haurc	10,2
hautaceco	8,2
hila	2,4
hiz	15,1
hoben	16,1
hobena	17,1
hona	5,2
honat	6,4
honliçaten	7,1
huraere	15,7
ioyaz	15,4
leyaldenic	14,3
liroyte	7,5
maria	1,5
maria	4,7
mila	13,4
mutha	15,5
nahi	6,2
nequeye	8,4
neuryere	12,7
ni	10,1
nic	4,5
nuque	6,3
oracione	1,1
orduyan	20,4
oro	20,3
othedate	14,2
othoy	2,1
othoy	5,5
pena	12,2
penaceco	21,3
plazer	13,2
plazer	20,2
plazer	22,2
proucchuric	11,5
sar	9,4
seculacoz	9,2
traydore	16,5
traydore	18,5
valequie	9,5
valia	5,6
valite	6,6
veha	6,5
vehardolore	22,6
vicia	2,6
vqhen	10,4
vqhen	11,4
vqhen	22,3
vste	16,2
yragandate	20,5

ama	6,$_2$
ama	24,$_1$
amore	7,$_2$
amore	13,$_6$
amoreac	22,$_2$
amorebat	1,$_1$
amoriac	9,$_1$
andre	13,$_1$
arren	20,$_4$
ayuta	12,$_2$
bano	11,$_2$
baten	22,$_3$
behar	10,$_1$
beqhatoriac	11,$_5$
bera	20,$_1$
berce	14,$_1$
berçe	16,$_1$
berce	22,$_1$
berceguciac	9,$_5$
berceric	5,$_6$
bercia	4,$_5$
bercia	21,$_5$
berciac	10,$_4$
berciari	23,$_3$
beria	23,$_2$
bertaric	8,$_6$
betheric	6,$_6$
cerbiça	8,$_2$
cerbiçatu	3,$_1$
ceruya	18,$_1$
chipia	20,$_6$
conplitu	24,$_6$
daçagun	8,$_3$
digneric	7,$_6$
dira	9,$_3$
eguia	1,$_5$
eguin	14,$_5$
eguin	15,$_2$
ehor	7,$_5$
eriden	5,$_5$
escuya	19,$_5$
eta	2,$_2$
eta	14,$_4$
eta	21,$_3$
ez	5,$_4$
ezpaguiça	12,$_3$
ezta	7,$_4$
eztirade	22,$_5$
eztu	17,$_5$
eztu	23,$_4$
faltaturen	10,$_3$
gabe	16,$_4$
galdu	16,$_6$
galduyac	12,$_6$
gatic	16,$_2$
gloriosa	24,$_3$
gracia	6,$_4$
gucia	18,$_6$
guero	2,$_4$
guirade	16,$_7$
guirate	15,$_5$
guiren	12,$_5$
guitu	8,$_5$
gure	13,$_5$
hala	15,$_1$
halacoa	3,$_4$
halacoa	21,$_1$
hanbat	17,$_6$
hanbat	24,$_4$
handi	20,$_2$
handiendenian	10,$_2$
harc	12,$_1$
harçaz	9,$_4$
hardaçagun	13,$_3$
haren	7,$_1$
haren	18,$_4$
hari	14,$_6$
hayn	2,$_5$
heben	4,$_1$
hedacendu	19,$_2$
hilcen	11,$_4$
hilez	2,$_3$
hona	6,$_3$
hona	13,$_2$
hura	16,$_3$
iagoyticoz	4,$_4$
içan	20,$_3$
içateco	7,$_3$
ieyncoaren	6,$_1$
ieyncoaz	17,$_1$
iraganic	5,$_3$
labur	4,$_2$
landan	17,$_2$
laquidan	2,$_6$
lehenguira	11,$_3$
liadutanic	1,$_4$
lurra	18,$_2$
mayte	8,$_4$
mundu	5,$_1$
mundu	17,$_3$
nahi	1,$_2$
nahi	3,$_2$
nahi	23,$_5$
nola	12,$_4$
nonduquegu	21,$_4$
norc	23,$_1$
nuque	1,$_3$
nuque	3,$_3$
ohoratu	15,$_4$
ohore	14,$_7$
oro	5,$_2$
oro	14,$_2$
oro	16,$_5$
oroc	13,$_4$
oroc	17,$_4$
orotara	19,$_1$
oroz	6,$_5$
partitu	23,$_6$
peco	18,$_5$
perestu	22,$_6$
preciacen	20,$_5$
vada	19,$_4$
vada	24,$_5$
vadaçagu	15,$_3$
valia	2,$_7$
valia	17,$_7$
vano	9,$_2$
vci	14,$_3$
vci	21,$_2$
veci	22,$_4$
vehar	19,$_3$
vici	2,$_1$
viciada	4,$_3$
vician	3,$_5$
virgen	24,$_2$
vnsa	8,$_1$
vste	11,$_1$
ychassoa	18,$_3$

(24 lignes) **138**

abastu	$1,_{5}$
amore	$6,_{5}$
amore	$19,_{5}$
amoros	$21,_{2}$
amorosec	$2,_{1}$
andere	$23,_{2}$
endre	$8,_{1}$
andre	$18,_{1}$
aribira	$19,_{3}$
bada	$17,_{2}$
badaguite	$2,_{2}$
badaramac	$22,_{2}$
balinetan	$16,_{1}$
bana	$10,_{1}$
bay	$24,_{1}$
bay	$24,_{3}$
bayta	$1,_{3}$
behinere	$4,_{3}$
belçari	$14,_{4}$
beqhatariac	$17,_{6}$
bera	$1,_{2}$
berac	$7,_{4}$
berce	$3,_{3}$
berce	$19,_{4}$
bere	$2,_{4}$
bere	$4,_{4}$
bere	$5,_{4}$
bethi	$5,_{1}$
bethi	$24,_{5}$
bician	$24,_{2}$
ceren	$17,_{1}$
ceruyetan	$12,_{4}$
conplimenduya	$4,_{5}$
conplimenduya	$7,_{5}$
daquiqueçu	$11,_{3}$
deramate	$5,_{3}$
dici	$8,_{4}$
dira	$15,_{3}$
dugu	$20,_{3}$
dugun	$20,_{5}$
eci	$4,_{1}$
eci	$15,_{4}$
ecin	$9,_{4}$
ederretan	$8,_{5}$
eguia	$11,_{4}$
eguiazqui	$16,_{2}$
egunari	$14,_{1}$
ehorc	$9,_{1}$
elas	$19,_{1}$
elas	$21,_{1}$
emazte	$6,_{1}$
ene	$23,_{1}$
enganatuya	$21,_{5}$
eqhustiaz	$11,_{2}$
erho	$17,_{3}$
erhogoatan	$22,_{1}$
eta	$6,_{2}$
eta	$7,_{1}$
eure	$22,_{3}$
ezpadaquic	$23,_{4}$
falsuyac	$19,_{6}$
faltaturen	$15,_{2}$
figuraren	$11,_{1}$
gaixoa	$21,_{3}$
galduya	$24,_{7}$
gau	$14,_{3}$
gayxo	$17,_{5}$
gayxteriaz	$9,_{3}$
gitençaye	$3,_{2}$
goacen	$18,_{4}$
gracia	$8,_{6}$
graciosa	$23,_{3}$
gubagaude	$16,_{3}$
gucia	$5,_{6}$
gucia	$12,_{3}$
gucia	$20,_{6}$
gucia	$22,_{5}$
guciac	$18,_{6}$
gugana	$15,_{6}$
guiçonoroc	$6,_{3}$
guira	$17,_{4}$
handiago	$3,_{1}$
har	$6,_{4}$
harequila	$20,_{1}$
hargana	$16,_{4}$
hilcençuyen	$10,_{3}$
hilian	$24,_{4}$
hire	$21,_{4}$
honac	$8,_{2}$
honegana	$18,_{3}$
hur	$12,_{2}$
hura	$9,_{2}$
hura	$15,_{5}$
içalori	$13,_{2}$
içarra	$12,_{5}$
ilhuna	$14,_{5}$
inbia	$9,_{6}$
leçan	$9,_{5}$
lehen	$15,_{1}$
leyal	$18,_{2}$
leyaldela	$1,_{4}$
lurgucian	$13,_{3}$
maria	$6,_{6}$
mende	$5,_{5}$
mende	$22,_{4}$
nahia	$2,_{5}$
nahicari	$10,_{4}$
nahicaria	$3,_{4}$
oha	$24,_{6}$
ororençat	$1,_{1}$
orori	$7,_{2}$
othoy	$18,_{5}$
othoy	$19,_{2}$
oyhanetan	$13,_{1}$
peytu	$5,_{2}$
saxuya	$10,_{5}$
segur	$20,_{2}$
valia	$23,_{5}$
vaytequegu	$7,_{3}$
vehar	$20,_{4}$
vehin	$2,_{3}$
velharra	$13,_{4}$
vistaz	$10,_{2}$
vqhen	$4,_{2}$
vqhen	$8,_{3}$
ychassoan	$12,_{1}$
yguzquia	$14,_{2}$

(24 lignes)

aguian 18,5
ahal 1,5
ama 19,4
andre 18,1
andre 23,5
anhicetan 11,5
anhiz 7,3
anhiz 15,2
ararteco 24,1
arimagatic 13,7
artian 1,3
artian 17,5
asqui 13,4
bada 19,2
bana 13,5
beqhaturic 23,1
beqhatuyaz 22,1
bethi 16,4
buruyari 17,3
çaquizcula 24,2
culpa 21,1
çutan 23,4
dabilça 8,6
dadina 10,5
damnacendu 22,2
darama 7,6
darama 9,6
dauguinian 2,2
dembora 1,1
denboraden 17,4
dic 6,5
digun 24,3
diossat 4,4
dohatenic 16,3
duçu 15,3
duquec 2,4
duyan 1,2
duyenian 9,3
ebiliniz 11,4
eguia 4,5
eguia 21,7
eguic 1,4
egunaz 12,3
ehor 9,4
ehor 21,3
enganatu 7,5
ere 3,2
ere 6,2
ere 11,3
ere 12,4
erho 10,1
erhoric 11,6
eryoa 2,1
escuyan 6,4
eta 12,2
eta 12,6
ez 13,6
ezta 21,4
ezta 23,2
eztic 5,2
eztu 20,2
fida 10,4
finianere 5,1
gabe 20,5
gabe 21,2
galcera 5,5
galdu 13,2
gaoaz 12,1
gaynian 19,6
gende 7,4
gindadinic 20,1
glorian 16,6
gomendutan 18,4
gracia 6,6
gracian 20,6
graciosa 19,3
gucia 6,7
guiten 17,2
guti 9,1
halacoric 15,4
hanbat 19,1
handia 23,6
harc 5,4
haren 8,4
harguiçaque 18,3
harigomendadi 4,2
hartan 10,3
hartu 20,4
haur 11,2
haurda 21,5
hoçic 12,5
honac 18,2
honec 7,2
honguia 1,6
iagoyticoz 8,1
ialguidaguia 3,6
iangoycoac 22,3
ieyncoagatic 14,6
ioqhatuyadate 10,2
liren 14,5
loa 13,1
mende 16,1
miraz 2,3
mundu 7,1
munduya 22,4
munduyan 15,5
nahi 3,3
nahi 14,3
ni 11,1
nibeçala 15,1
nic 4,3
nuque 14,4
ohart 17,1
onsa 3,5
onsa 4,1
oray 14,1
orduya 2,5
orduyan 3,1
orduyan 6,1
oro 14,2
oro 16,2
ororen 19,5
pena 13,2
segur 21,6
sehi 8,5
vaduc 3,4
vana 16,5
varqhamenduya 24,4
vci 9,5
vere 6,3
veria 5,6
veroric 12,7
vici 8,2
vste 9,2
vstez 8,3
vzten 5,3
vzten 20,3
yçan 23,3

(24 lignes)

ama	13,3
ama	15,3
ama	24,2
amorecatic	10,5
andere	17,7
anderia	15,2
anderia	21,2
andiric	8,3
ariçaucu	19,3
arrazoynda	18,1
azpitic	23,7
balinetan	6,1
barqhamendu	10,3
beçanbat	20,2
beccatoren	1,1
beqhatore	8,1
berac	4,2
berce	13,1
berceric	22,6
bere	2,1
bere	9,1
bidian	9,2
buruya	2,2
cenbayt	13,5
ceru	16,4
chipiren	13,7
christo	19,5
cinaden	3,4
cinducen	1,5
cira	15,4
cira	24,3
cirade	17,6
çu	3,1
çu	15,1
çu	17,5
çuc	20,1
çuc	22,2
çugana	6,3
çure	5,1
çure	10,4
çure	11,5
çure	21,6
çure	23,6
çuri	9,5
çuri	12,1
çuri	18,5
dago	23,5
daguien	18,1
date	21,4
dici	2,4
dignitate	20,3
dira	13,4
dirate	14,6
eci	19,1
ecin	4,4
ecin	14,5
ecin	21,3
eguiazqui	6,2
eguin	1,4
eguin	2,3
egundano	7,1
ehor	21,5
emaztiac	13,2
ere	19,7
erreguina	16,3
eta	12,5
eta	14,1
eta	16,1
eta	16,5
etare	8,5
ez	7,4
ez	8,4
ez	11,1
ez	11,3
ezta	7,2
ezten	23,2
eztuçu	22,3
eztuque	20,5
eztuyen	10,2
galduda	11,2
galduren	11,4
gauça	17,3
gaynecoric	22,1
gaynetic	24,6
gin	6,4
gomendacen	12,2
gomendaturic	9,6
gomenducoric	11,6
guero	14,2
gueroz	16,2
guira	12,3
hala	19,2
haurto	13,6
hayn	8,2
hilic	12,4
iagoytic	7,6
iauguin	9,3
iaunden	17,2
içanen	7,5
ieynco	22,4
ieynco	23,1
ieyncoa	17,1
ieyncoac	1,3
ieyncoaren	15,6
ieyncoaren	24,1
ihesu	19,4
iuge	2,5
iustician	4,3
iusticiaren	2,6
litecen	5,4
lurraren	16,6
misericordiaren	3,2
misericordiaz	5,2
mundu	18,2
mundu	20,4
mundu	24,4
nola	4,1
o	21,1
obororic	14,3
ohore	18,6
oro	23,4
oroc	18,3
oroc	20,5
ororen	17,4
oroz	24,5
puncela	14,4
refugio	3,3
remedia	5,3
saluaceco	1,2
salualiçaque	4,5
saxuric	8,6
vada	9,4
valite	6,5
vardinic	21,7
vera	19,6
veraz	22,5
verce	23,3
viciric	12,6
virginaric	15,5
vqhen	10,1
yçan	7,3

D iij recto (D 5) **29**

ama	3,2
ama	17,5
ama	20,2
amac	13,5
amac	18,1
amaren	14,5
amoraturic	15,5
amorecatic	14,6
anayeturic	16,5
anhiz	7,1
anhiz	14,3
ararteco	23,4
artian	18,5
badacuxu	19,2
balinetan	23,1
bano	2,2
baqueguiçaçu	20,5
beçanbat	1,6
bere	3,1
bertaric	20,6
çaquiçat	8,4
cenetaric	7,5
cinestendut	6,4
cira	17,6
cira	20,3
çu	23,2
çuc	1,5
çuc	5,3
çugatic	2,7
çuqueyen	22,3
çure	10,4
çure	12,3
çure	24,4
çutan	15,4
çuyenetaric	4,5
damna	6,2
daydi	2,6
daydi	14,4
denbora	11,1
digneric	17,7
diraden	21,3
duçu	7,3
duçu	16,3
duda	11,6
duque	13,4
duyena	13,2
ecin	3,3
ecin	6,1
ecyn	11,5
eguiguçu	4,3
eguin	1,4
eguiten	21,2
ehonere	9,1
emanic	12,6
engoytic	22,5
ere	2,5
ere	8,2
escuyan	10,5
escuyan	12,4
eta	11,2
eta	17,2
eta	20,4
etare	10,2
ez	10,1
ezarri	16,3
ezpacina	23,3
eztaçuc	9,3
eztenic	10,5
eztiroçunic	9,5
eztu	1,3
eztu	18,3
gaberic	3,6
gaberic	8,7
gaberic	11,7
gaizquiegatic	19.4
galdu	8.6
galduren	7,4
gayzic	9,2
gayzqui	21.4
gogotic	5,5
gomendutan	5,4
gracia	4,2
graciac	12,1
gucia	22,5
guerlaric	18,6
gugatic	23,5
guiren	4,4
guitu	24,3
gure	15,1
gure	16,4
gure	17,3
gure	19,3
hala	13,3
handiegatic	21,5
harbanençaçu	5,3
harc	2,4
haren	17,1
hargatic	1,7
haritudu	15,3
hel	8,3
honac	14,2
hontassunic	10,3
iangoycoa	16,1
iangoycoac	12,5
ieyncoac	22,1
leqhu	11,3
lur	22,4
mundu	1,1
nahi	13,1
natura	15,2
nayndeyela	6,3
niri	8,2
obeditu	3,5
oboro	2.3
ondatu	22,2
oray	21,1
oro	12,2
oro	24,1
oroc	1,2
orogatic	2,1
ororen	17,4
ororen	20,1
orotan	11,4
othoy	4.1
othoy	8.5
othoyegatic	24,5
qhen	9,4
samurturic	19,1
segurqui	6.5
seme	14.1
semen	18,4
semiaganic	13,6
sofriceco	18,3
sostengacen	24,2
vci	3,4
veguiratu	7,2
vnsa	5,1

(24 lignes)

ama 3,1
ama 5,7
amaric 6,5
amorecatic 8,6
andre 14,3
andrec 13,1
andren 18,3
andren 22,1
andrez 10,5
anhiz 10,1
arhizqui 11,1
ari 10,3
arren 1,4
aypacen 11,5

bada 10,4
badaguit 3,4
balentia 18,1
bat 19,1
baytituzte 11,4
bearluque 22,5
beci 13,3
bertaric 4,7

cerengatie 16,2
chipi 17,3
contra 3,6
çu 5,5
çu 6,3
çuc 4,1
çuhur 14,1
çure 3,5
çutan 1,6

damugaycie 21,1
daydite 13,6
desonesqui 11,3
diroyte 14,7
dithia 21,5
dreça 4,4

ecin 13,5
ederrago 12,3
egoytia 12,2
elas 5,1
elaydite 9,4
eman 21,4
emazteac 16,1
emazteac 21,2
emazten 7,1
emaztiac 8,1
ene 8,5
erran 8,4
erran 14,6
erran 19,3
erranendirate 16,4
errayle 22,3
erraytea 15,3
erraytea 18,5
errayten 10,7
eta 4,3
eta 11,2
eta 17,2
ez 8,2
eztaçagut 6,2
ezten 1,5
eztia 3,2

faltaric 1,7
faltaric 3,7
faltaric 9,5
fauore 7,2
fin 2,1

gaiz 16,3
gatic 14,4
gayxtoac 1,2
gayz 8,3
gayz 18,4
gayz 19,2
gayz 22,2
gayzqui 10,6
gayzqui 14,5
gazliga 4,2
gu 1,1
gucia 20,6
guiçon 10,2
guiçonec 9,4
guiçonequi 13,2
guirade 17,6
guiren 2,4
gutic 14,2

halacoden 20,5
handi 17,1
hari 21,3
hayetaric 17,5
hayez 15,1
helguiçaçu 2,3
honera 2,2
hongui 15,2
huxic 13,4

içan 1,3
ihes 5,3

ladin 20,2
liçate 12,4
liçate 15,5

naçaçu 4,5
nahi 19,4
nahi 20,3
naydi 5,4
neure 5,6
neuretaco 6,1
nic 3,3
nolaco 6,4
norat 5,2
nuque 20,4

onestago 15,4
oro 17,4
oro 19,6
oroc 22,4
othoy 4,6

pensatu 22,6

salbuyetaric 2,5
sarcea 19,8
sinpleada 18,2

vadu 19,5
valiçate 9,3
vardin 19,7
vci 9,2
vciric 5,8

yxil 20,1
yxilica 12,1

ala	2,4
ama	2,1
amagatic	3,1
andre	3,2
andre	9,2
andre	23,4
ayuta	7,7
bada	19,2
badadi	10,2
bana	17,1
baten	23,2
behar	7,5
behar	8,4
beharluque	3,4
behartugu	11,3
behin	5,2
behinere	13,5
bera	1,1
bere	23,5
bertuteac	20,1
bethi	18,3
bethida	4,4
bethiere	17,4
cerduda	11,6
ceren	19,1
da	22,4
dacussat	21,3
dago	23,7
daraucate	19,3
echia	13,4
echianden	14,1
egun	7,3
egurra	9,6
emazte	2,2
emaztebatendaco	22,5
emazteric	12,1
emazteric	15,4
emaztetan	21,1
emaztia	4,3
emaztia	17,3
emaztiac	16,1
emaztiari	19,4
ençun	16,3
enuque	15,3
ere	21,5
eridenian	9,1
erreglaturic	14,5
escuz	8,2
eta	1,2
eta	6,2
eta	8,6
ez	2,5
ez	13,1
ez	13,3
ezpaguiniça	6,6
ezpaliz	15,5
ezta	11,4
eztacusat	12,4
ezten	12,2
eztut	16,2
fedean	23,6
gabe	9,3
galdatu	2,3
galdu	9,4
gauça	14,2
gaynera	10,6
gayxteria	18,1
gayzqui	14,4
gazxtoric	22,3
goratu	3,5
guehiago	21,6
guero	7,2
guiçon	9,5
guiçon	22,2
guiçon	23,1
guiçona	13,2
guiçona	16,5
guiçonac	17,2
guiçonaren	4,1
guiçonetan	20,3
guiçonetaric	18,4
guinaden	1,6
guiro	5,5
haciz	7,1
handiago	20,4
harc	6,4
haren	7,6
haren	8,1
hayetaric	5,3
haz	6,5
heben	11,5
hil	10,1
hilguinate	6,3
hoguenic	19,5
honguiz	21,4
hura	10,3
ialguitenda	18,2
iauquiric	16,6
iatera	8,7
lecuyan	12,3
lehen	16,4
lehenic	17,5
luyen	2,3
mila	22,1
mila	23,3
mundura	5,6
nahi	2,6
nahi	15,2
nic	21,2
nola	10,4
nontic	1,5
nordoaque	10,5
nuque	2,7
ordu	11,1
oro	1,4
oro	3,3
oro	5,1
oro	14,3
oroz	7,4
oroz	11,2
ossoan	8,3
parabiçuyan	15,1
plazeric	12,5
prouechuco	4,2
sorcen	5,4
sorthu	1,7
sorthu	6,1
soynera	8,5
veharluque	20,2
verce	1,3
xahuric	13,6

amoraturic	10,4
amorecatic	12,5
anayeturic	11,4
anderetan	4,1
andre	7,2
andre	12,1
andriari	6,4
andriari	8,3
anhiz	3,2
ayguruyac	22,1
badu	15,5
baledi	7,4
bana	3,1
bana	6,1
bana	23,1
bano	22,2
bat	1,6
bayta	4,3
bere	24,1
besso	19,1
borchaturic	5,4
buluzcorriric	18,5
çabalduric	19,3
çauriere	23,4
çayenic	3,5
cenbayt	7,1
ceren	4,2
cerutica	10,1
ceyn	8,1
çoraturic	6,3
dago	19,4
daguiela	20,2
dardoa	23,2
dardoaz	21,2
darrayca	6,5
dela	13,3
deuscaydenic	2,2
donario	14,1
eçarridu	11,2
eder	17,5
egunaz	15,3
elgarreqüi	24,4
eliçate	1,5
ematuric	23,3
emaytendu	8,4
emaztea	9,2
emazteda	3,3
emaztia	13,2
emaztia	18,2
emaztiac	5,3
emaztiac	11,1
emya	14,5
erditic	21,5
ere	15,4
ere	21,3
erraytia	16,3
errendaturic	19,5
escapacen	3,4
eta	15,2
ez	17,6
ezarteyntu	24,3
ezlarraque	22,4
ezta	17,2
eztançut	5,2
eztia	13,5
eztiroyte	2,1
gaberic	2,5
gaoaz	15,1
gauça	13,4
gauça	14,4
gauçaric	17,3
gaynetic	9,6
gayzqui	16,2
gayzquiric	22,5
gorpuzaren	21,4
graciaz	24,2
gucietan	14,2
guciz	14,3
guiçona	5,5
guiçonaren	18,3
guiçonec	8,2
guiçoner	1,2
guiçonorrec	20,1
gure	11,3
handia	15,7
handia	16,5
harçaz	10,3
harçaz	16,1
harçaz	20,3
haren	12,4
hargana	7,6
hayn	17,4
hec	1,1
hel	7,3
hobenic	4,5
honic	1,7
iauqui	2,4
iayxicedin	10,2
ieyncoac	9,1
iobadeça	21,1
irudiçayt	13,1
laudaceco	12,3
mayte	9,3
mundu	9,4
munduyan	17,1
nahiduyenic	20,4
nic	5,1
nola	18,1
oboro	22,3
oguena	8,5
oneriztez	7,5
oro	12,2
oroz	9,5
petic	18,4
placentic	17,7
plazer	15,6
sendoturic	23,5
valite	1,4
vaqueturic	24,5
vcì	2,3
veha	1,3
vera	6,2
vertutea	4,4
viac	19,2
vilania	16,4

(24 lignes)

aguian	$21,_{2}$
amore	$12,_{4}$
anhiz	$17,_{4}$
aycia	$19,_{4}$
aycina	$21,_{6}$
baçarriac	$14,_{1}$
baduere	$22,_{1}$
bana	$11,_{1}$
baniz	$10,_{5}$
bano	$13,_{4}$
bataren	$10,_{6}$
bayecila	$11,_{3}$
bayecila	$20,_{2}$
beguyez	$18,_{1}$
bera	$7,_{1}$
bercech	$23,_{4}$
bercerena	$12,_{1}$
bercerena	$16,_{2}$
bercereu	$8,_{5}$
beretaco	$12,_{3}$
bertan	$15,_{5}$
beryarequi	$19,_{1}$
bessoan	$23,_{5}$
bigaren	$9,_{7}$
borchaz	$11,_{2}$
captiuada	$7,_{2}$
captiuada	$8,_{4}$
ceren	$4,_{1}$
coplac	$5,_{2}$
daçanian	$19,_{2}$
daraça	$23,_{6}$
date	$22,_{3}$
dichac	$9,_{2}$
dirate	$14,_{3}$
doha	$22,_{5}$
dolore	$13,_{5}$
dudanian	$23,_{3}$
dutenian	$15,_{3}$
duyena	$2,_{5}$
duyena	$3,_{6}$
eçagucen	$4,_{3}$
ecin	$18,_{3}$
ecin	$20,_{3}$
edetaçu	$6,_{2}$
eguina	$4,_{6}$
eguindu	$9,_{4}$
eguiten	$3,_{5}$
ene	$9,_{1}$
enetaco	$19,_{3}$
erhogoa	$16,_{3}$
eta	$2,_{1}$
eta	$7,_{3}$
eta	$14,_{3}$
eta	$21,_{1}$
ez	$11,_{4}$
ezconduyen	$5,_{1}$
ezpaytuque	$21,_{5}$
ezta	$3,_{1}$
eztena	$1,_{6}$
eztu	$4,_{2}$
gathibu	$7,_{5}$
gathibu	$8,_{2}$
gathibu	$9,_{6}$
gayça	$15,_{4}$
gayzerrayten	$2,_{4}$
gogo	$10,_{1}$
gogotic	$6,_{4}$
guero	$2,_{2}$
guiçon	$1,_{2}$
guiçon	$3,_{2}$
guti	$15,_{1}$
hala	$3,_{4}$
hala	$4,_{4}$
hala	$9,_{3}$
halacoa	$2,_{3}$
handacusat	$18,_{5}$
handida	$16,_{4}$
harc	$21,_{3}$
haçara	$22,_{6}$
harçaz	$1,_{4}$
hardaçanac	$12,_{2}$
hargana	$20,_{5}$
hargatic	$7,_{6}$
honestea	$16,_{1}$
honez	$10,_{2}$
hongui	$4,_{5}$
iagoytic	$11,_{5}$
iangoycoa	$6,_{1}$
içaneniz	$10,_{3}$
icus	$18,_{2}$
malenconia	$17,_{5}$
minça	$18,_{4}$
modorroa	$1,_{3}$
naducana	$8,_{3}$
nahyen	$23,_{2}$
naturazco	$3,_{3}$
nequia	$18,_{6}$
ni	$7,_{4}$
ni	$8,_{1}$
nic	$23,_{1}$
noaque	$20,_{4}$
norda	$1,_{1}$
ny	$9,_{5}$
oborotan	$13,_{1}$
orduyan	$21,_{4}$
orhit	$1,_{5}$
perilequi	$20,_{1}$
plazer	$13,_{3}$
plazer	$17,_{1}$
sordayte	$15,_{6}$
vaten	$17,_{2}$
veldur	$22,_{2}$
veldurrequi	$14,_{4}$
veqhan	$14,_{2}$
vercerena	$6,_{3}$
verciaren	$11,_{6}$
vertan	$22,_{4}$
vicy	$10,_{4}$
vqhenendu	$13,_{2}$
vqhenendu	$17,_{3}$
vste	$15,_{2}$

(23 lignes)

ago	17,4
aguyan	6,1
ahalduquet	3,4
alabarequi	6,3
alhor	1,1
amoria	7,1
amoria	15,1
amoria	19,1
amoros	13,3
amoros	23,1
anhicetan	16,1
arnoac	17,1
aryniz	8,6
bat	3,2
batetan	13,5
beqhatu	8,7
berant	18,3
bercerenaz	13,1
bercerenzat	5,1
berceric	20,3
berciac	8,3
beriagana	14,1
beriarequi	9,1
cençuz	15,3
çucena	19,5
çucenbidia	5,4
dadina	22,5
dayte	15,5
deçana	18,7
dela	20,4
dena	23,3
desesperacer	14,3
dostetan	10,2
duyena	16,5
duyena	20,7
ecyn	15,2
ecin	15,4
eguinaz	4,2
ehorc	7,2
ehorc	12,5
ene	2,2
ene	5,3
enuque	12,4
eqhustiaz	9,2
erachequi	22,4
ere	2,4
ere	7,3
ereytera	1,4
errabiatu	10,6
erradiro	21,4
erran	11,5
esquer	4,3
estaca	18,2
eta	2,1
eta	2,6
eta	19,3
ez	3,1
ez	22,2
ezconduco	6,4
ezetare	3,5
eztaçagu	19,4
eztaquit	8,2
eztiçaquet	11,2
eztu	7,4
eztu	20,1
galdu	4,5
gayxto	4,4
gayz	11,4
gayzqui	17,3
gayzquiago	21,3
gelosiac	11,1
gelosturic	14,2
goberna	15,6
gueldicenda	5,2
guero	6,2
guiçona	21,5
guti	16,3
hacia	1,5
harc	18,5
hartan	1,2
hayn	9,4
hayn	9,3
hazeman	18,6
hec	10,1
helbadaquit	1,3
honestendu	16,2
hunquiliaçadan	12,6
ixuda	19,2
lacha	18,4
lan	4,1
lastoa	2,5
lecot	20,3
leqhu	13,4
mayte	12,1
mayte	20,6
nahi	7,5
nahi	12,3
nequetan	10,4
ni	10,3
nic	8,1
nic	11,3
ninzan	14,4
noha	9,5
nuyena	12,2
ny	8,5
ordidiro	17,5
orduyan	10,5
ori	3,3
partitu	7,6
penatu	9,6
persona	17,6
sarri	18,1
secretugui	23,2
seculan	11,6
semya	6,6
suyac	21,1
vada	2,3
vana	8,4
vano	17,2
vano	21,2
vehar	16,4
vercia	3,6
vihia	2,7
vste	20,2
yçanuçu	13,2
ychassoac	22,1
yrabacia	4,6
yraungui	22,3

(23 lignes)

abantailla	21,3
ahalbanu	5,3
anderetan	22,3
andre	1,1
are	12,4
artiçarrac	21,1
aurride	16,5
ausarcen	12,6
balyaqui	13,2
banadi	11,3
banença	3,7
bat	11,2
behinere	8,5
beldur	4,4
bercetaric	21,2
berian	20,6
bessoan	24,6
bortiça	18,5
çori	24,1
da	23,2
daçana	24,7
daquion	4,5
darama	21,4
dardoac	19,1
date	24,4
deraut	1,5
deusere	2,4
donoa	5,6
duda	20,1
ebaxi	1,6
ecin	2,5
ecin	4,1
ecin	8,2
eder	1,2
eder	23,3
ederric	9,5
eguin	8,3
egunaz	10,3
elgarrequi	15,5
ene	9,1
ene	19,6
enegogoa	13,1
eniac	16,4
eniz	12,5
erdira	19,5
ere	7,6
ere	10,4
erho	23,7
eror	20,3
erraytera	12,3
erreguina	14,3
eta	10,2
eta	16,3
eta	18,1
eta	23,4
gabe	20,2
gaoaz	10,1
gayoi	4,6
gayzqui	9,2
gayzqui	10,5
gentil	23,5
gentilbatec	1,3
gogoa	6,2
guero	18,2
guinate	15,6
hala	5,4
hala	15,2
hala	22,1
han	6,5
han	7,1
han	20,5
hanbat	23,1
harc	3,6
harçaz	2,1
harçaz	23,6
haren	16,1
haren	24,5
harena	7,5
harequila	11,1
hargana	8,6
hari	17,4
harricen	11,5
haurrac	16,2
hayn	9,4
hilhoça	20,7
honian	24,2
hura	3,2
hura	15,1
huxic	8,1
lehen	19,3
liçate	14,4
lirate	16,7
liro	19,4
luyen	5,5
mayte	13,3
miraylbat	5,1
nacussen	7,4
nadinian	2,3
nago	4,3
nahi	3,4
nahi	15,3
narama	23,3
naynde	20,4
neçan	8,4
neracuxon	6,3
neure	6,1
neure	12,1
neure	17,5
ni	22,4
nic	3,1
nic	5,2
nic	7,3
nic	17,2
nici	10,6
nierregue	14,1
nigana	7,7
nola	3,3
nuque	3,5
nuyena	22,6
nynduque	13,5
onhexi	3,8
orhit	2,2
osso	16,6
penaceco	9,3
penacen	10,7
penacen	22,5
penen	12,2
respuesta	18,4
secretuqui	6,4
sortu	24,3
sortucen	9,6
valinbalit	18,3
valinbaninz	14,2
valinetan	17,1
valiz	15,4
vanerro	17,3
vano	19,2
varna	6,6
venturatuz	4,2
verda	22,2
veryan	7,2
vide	13,4
vihoça	1,4
vihoça	17,6
vihoça	19,7
vihoçazayt	11,4
yrexi	2,6

ala	7,1
albanenguidio	6,2
amorebat	8,1
amoria	16,3
amorosen	5,1
amoryo	12,5
arima	9,2
arranguren	22,1
asti	22,3
bacina	19,5
berriz	15,1
bethi	15,4
cinaden	18,6
conplituric	21,2
çu	19,4
çucen	1,5
çurequi	23,4
çurequila	17,1
çurequila	20,2
daçan	4,4
dacarrela	2,3
desiracen	4,5
dicit	12,4
dirodano	15,3
doat	11,5
dudana	4,6
ebaqui	11,6
eceynere	23,1
ecin	17,2
ederrori	10,3
egoyteco	23,3
egoytiaz	13,2
eguin	4,3
ehoqui	10,5
elas	16,1
ene	1,1
ene	3,1
ene	9,1
ene	14,3
ene	16,2
ene	18,1
enoya	13,5
erracen	17,5
eta	9,3
eyhar	14,4
ez	6,4
ez	13,3
ezticit	7,4
frangoqui	22,5
gaizqui	18,2
garria	14,5
gaubat	20,3
gogo	4,1
gogoa	1,2
guciz	8,3
hanbat	12,3
handia	12,6
harc	6,3
harçaz	11,1
haren	10,1
harenere	2,1
harequi	9,6
harequila	13,1
hargana	1,7
hargana	12,2
harganico	14,1
hayn	7,5
hilabete	21,1
honderiçadanic	7,6
honlirate	19,3
hunez	4,2
hura	21,3
iangoycoac	2,2
iarri	1,6
icus	15,2
iossidira	9,5
luça	21,4
luque	6,5
malenconia	15,5
minzaceco	20,1
nadinian	11,3
nahi	20,4
nic	7,3
nic	12,1
niqueci	20,5
nola	1,3
nola	16,4
nuçun	16,5
nuyen	22,4
nygana	2,4
onhexidut	8,2
orhicen	19,6
orhit	11,2
oro	19,2
paneynde	13,4
pareric	6,6
parti	6,1
particia	14,2
partizia	5,2
pena	3,2
penac	19,1
penaceco	18,3
penacen	16,6
qhondaceco	22,2
sardaquion	3,3
segur	18,4
soberatuqui	8,4
sorthu	18,5
valedi	21,5
vana	7,2
varrena	3,5
vathuz	17,3
vayta	1,4
veguietan	10,4
veldurgabe	23,2
vihoça	9,4
vihocian	3,4
vihocian	17,4
vihoza	11,4
yrudi	10,2

(23 lignes) **120**

albaneça	3,3
aldiz	6,2
amore	7,4
amore	11,5
amore	14,6
amorebat	16,1
amoria	20,3
amoros	13,1
andere	23,2
aspaldian	22,3
badaquiçu	9,1
bana	8,1
batere	10,6
baytere	20,2
beti	14,1
beti	15,1
cençaceco	8,4
cerden	21,3
cerq	23,1
çuc	8,5
çugatic	5,5
çugatic	12,4
çugatic	15,5
çure	6,3
çure	10,2
daquitenen	1,4
daraut	20,5
denbora	3,5
denbora	5,1
dicit	1,3
dolore	5,6
dolore	12,5
dolore	15,6
doloryan	9,2
dudan	4,4
duyena	2,3
eçayt	22,5
ecin	19,5
ecitela	7,2
ecyn	18,3
ehorc	2,1
elas	3,1
ene	14,5
enuyen	17,3
enyqueci	4,3
ere	6,7
ere	8,6
ere	9,5
ere	15,2
errana	1,5
escuyetan	2,4
estamendu	21,5
eta	10,1
ez	10,4
eztaçala	2,3
eztaquit	21,2
faltaric	17,5
faltaz	6,4
galdatu	23,5
gayzda	14,4
gayzqui	11,2
gelosia	13,2
gentilic	16,4
gogoan	4,5
hantuduyen	23,3
harcinçadan	11,4
haren	19,1
harequila	17,1
hartan	5,2
hilez	19,6
hura	18,5
iagoytic	18,2
iagoyticoz	12,1
malenconya	7,1
mayteric	18,7
minçatu	22,6
minez	19,2
miragarri	16,3
muthaceco	10,3
muthatu	20,6
muthatuniz	6,5
nago	19,4
nahi	22,4
neure	11,1
nic	5,4
nic	12,3
nic	15,4
nic	17,4
nic	18,1
nic	21,1
ninçanian	17,2
niri	20,4
nola	22,2
norc	20,1
nuque	18,4
ny	6,6
ny	9,4
oguenio	10,5
ohi	22,1
ohinicin	5,3
oray	1,1
oray	4,2
oray	6,1
oray	19,3
ordu	8,2
partaydenyz	9,3
penaceco	11,3
penaz	14,2
porogacen	1,2
segur	4,1
vacinduque	8,3
vaduqheçu	7,3
vana	21,4
vci	2,2
veçayn	18,6
vehardicit	23,4
veharduta	15,3
veharra	4,6
verridu	21,6
viciric	19,7
vqhendicit	16,2
vqhenendut	12,2
yçatia	14,3
yraganden	3,4
yzul	3,2

(23 lignes)

abastu 4,5
adarrez 16,6
alabana 12,1
amore 14,2
amoria 5,1
amoria 17,3
artian 5,6
aspaldi 6,4
axolic 10,8

badut 22,2
banynçande 11,3
banynz 11,2
behin 8,2
berriric 22,6
bethe 16,4
bethiere 13,5
bioc 8,1
bion 5,5
buruya 4,2

chotiltua 14,3
ciaydaçu 4,3
çugana 7,3
çuhur 11,1

daquidala 7,3
daut 13,1
daydit 15,4
dudan 14,5

ecin 12,2
ecin 15,3
edetaçu 17,2
ehonere 9,1
elicaturenyz 20,3
ene 4,1
ene 10,6
ene 18,4
ere 11,5
ere 12,5
ere 20,2
ere 22,5
erhoric 9,5
eta 18,1
eta 21,3
exay 2,4
ezpa 2,5
ezpadaguit 3,3
eztacussat 9,2
eztaduca 19,3
eztu 10,7
eztut 7,5
eztut 21,4

faltatu 7,4

gaberic 11,7
gaberic 20,6
galdacia 23,2
galdu 14,4
gaoaz 15,1
gende 13,4
gogoan 15,6
gogoan 16,1
gogotic 12,6
gogotic 17,4
guitian 8,6
gure 5,4

handian 6,5
handidicit 16,3
harc 10,5
harc 19,1
haren 15,3
haren 18,2
haren 21,3
harendaco 4,4
harequila 1,3
hartan 2,2
honac 13,2
hura 11,6
hura 20,5

ia 6,3
iagoyticoz 2,3
iangoycoa 17,1

leyaldateric 19,5
lohitu 21,2
loric 15,2

minçatu 1,4
muthaturic 6,1
mynça 8,5

nahi 22,1
neure 14,1
ni 20,1
nic 7,1
nic 10,1
nigana 19,2
nihaur 9,3
nnyen 16,5
nonbait 8,4
nor 5,2
norgatic 10,2
ny 11,4
nygarrez 13,6
nyri 3,1

oray 20,4
oray 22,4
ordu 2,1

pena 10,3
pintatu 3,5
potaren 23,1

saroyada 21,1
secretuqui 1,1
secretuqui 8,3

vaçabilça 6,2
vaquetu 2,5
vaytut 10,4
vci 12,3
veçayn 9,4
veguietaric 18,5
vehar 16,2
vehardicit 1,2
vehardicit 3,4
veharrez 15,7
veharric 21,3
vehin 12,4
veldurrez 14,6
vician 7,6
vihoça 13,3
vnsa 3,2
vnsa 19,4
vqhenendut 22,3

yçanda 5,3
yrudia 18,3

albaycinde 23,3
albaynençac 15,3
albaytiça 8,3
aldian 23,5
anderia 14,1
andre 9,1
andria 1,1
andria 23,1
apartadi 5,3
azticira 14,2

bacinade 9,3
bacyaquyat 13,3
bada 15,1
balinbanynz 12,3
baycira 10,3
berce 13,4
burlacen 19,4

çauden 21,5
cer 18,2
cer 21,3
cinate 2,5
ciraden 16,3
ciren 10,1
cirena 10,2
conduric 9,6
çuçaz 10,4
çugatic 4,2

daydit 21,4
desonestaden 11,5
drugaçula 1,3
duçu 18,7
dudan 4,3
duyana 8,6

eciçala 19,3
ecinduque 12,4
ecitut 17,4
eguidaçu 3,3
eguinagatic 12,3
eguinen 18,8
eguinendut 16,5
egunetan 17,2
emiago 23,6
ene 11,1
enuc 8,4
erran 8,2
erran 11,4
erran 14,4
erregue 2,2
erreguina 2,4
escuyarqui 19,2
eta 22,1
eya 5,1
eyagora 21,1
ezayçula 3,4
eznaydi 9,5
eztarradala 7,5
eztuc 6,2
eztut 11,3

franco 22,6

gaberic 14,5
gaixtoa 9,2
gaixtoric 7,3
gauça 13,5
gauçaric 11,6
gayz 16,2
guero 16,4
guiçon 20,1
guirade 1,6

hanbaten 21,7
heben 18,6
heben 20,5
herabe 3,5
hire 13,1
hiz 7,2
holacoz 15,5
horlacobat 6,1
horrat 5,2
horrelaco 7,1
horreyn 16,1
hunec 20,2
hura 4,5

icussidudala 6,5
ieyncoac 1,2

laydoric 12,5
laydoz 20,6
lelo 22,2
lelo 22,4

merexidute 4,6
minça 23,2

nahi 18,4
nahidic 13,6
nic 4,1
nic 9,4
nic 10,6
nic 18,1
niçala 5,6
nihaurc 14,3
niri 12,2
niry 7,4
nor 5,4
nuya 20,4
ny 2,1
ny 15,4
nyc 6,4
nyc 21,2

oray 1,4
oray 18,3
oray 20,3
othoy 3,2

penadicit 10,5
penec 4,4
pota 22,5
potac 13,2
potbat 3,1
potbat 12,1

rybay 22,3

vada 17,3
vaytut 18,5
vci 15,2
vciren 17,5
vego 22,8
verce 23,4
vercer 8,1
verceric 16,6
vercia 22,7
verdi 1,5
veteren 20,7
vicinyçan 17,1
vste 6,3
vste 8,5
vstediat 19,1
vsteduc 5,5
vstian 11,2

yxilic 15,6
yxilic 21,6

adi	19,3	enetaco	16,1	maytia	12,3
ala	2,3	enuçu	14,2	nahi	19,5
amorez	1,1	enuçu	18,2	neure	12,2
arrobaçer	14,4	eqhardaçu	5,2	neurya	13,6
arrobatu	13,1	ere	16,5	ni	18,1
aucian	9,2	erran	18,5	nic	6,1
auciric	11,7	errequericia	1,2	nic	12,4
baduçu	19,7	eta	13,3	nic	17,1
beguietan	3,2	etare	11,2	nuçu	7,3
benedica	2,1	ez	11,1	nuçu	13,2
cegatic	7,5	ezpa	5,3	nuyen	17,3
ceren	11,3	ezpaytaquit	7,4	nuyena	3,5
ciçan	19,4	ezta	9,3	ny	14,1
cira	16,3	eztaducat	6,4	nyçana	14,5
clarqui	18,4	eztuçula	8,1	oguen	15,4
çu	9,5	eztuqueçu	8,3	ohoyn	16,2
çucena	4,5	eztut	10,1	ohoyn	16,4
çurequila	17,6	fortuna	2,2	ohoyna	14,3
çureric	6,5	gabe	15,5	oray	3,1
daquidan	6,2	gatic	11,4	oray	15,1
daramaçu	17,5	gauça	17,4	ordayna	5,5
desiracen	3,4	gauçaric	6,3	othoy	15,2
dicit	3,2	gayzquiric	10,3	perilic	10,6
difama	15,6	gure	9,1	perylic	8,4
dioxut	12,5	handicira	16,6	vada	12,1
dudan	11,6	haurbeci	9,6	valia	13,4
eçaçu	18,6	hona	2,5	valin	19,6
eguia	12,6	iaquinxu	18,3	vehar	11,5
eguidaçu	4,4	iarri	7,2	veharren	17,2
eguyn	10,2	ioanduçuna	5,1	veldurric	8,2
ehorc	19,1	iuyeric	9,7	vequit	13,5
eman	5,4	loxaturic	7,1	vnsa	19,2
enadila	15,3	mayte	4,2	vqheyteco	10,4
encontru	2,4	maytena	4,3	yçanen	9,4
ene	4,1				

(19 lignes)

F recto (F 1) 41

acheter	17,5
acheterric	15,4
amoratu	10,3
amoria	4,5
arrobatunuçu	5,5
asquiduçu	15,5
badituçu	7,3
banynz	17,2
bay	1,4
bayeci	18,6
baytara	8,5
biac	4,2
bocen	11,6
çaude	6,3
çauri	17,1
çauri	20,2
cenaudela	9,4
ceren	7,4
cira	16,3
çor	6,1
çorroçac	20,6
çuc	18,5
çuçaz	10,2
çugatic	4,7
çura	12,1
çure	19,1
daquidan	8,2
dardo	20,5
daydit	3,4
derautaçu	7,6
dioçunoc	12,3
ditut	4,4
du	2,3
duçu	11,4
duyen	1,2
eci	20,4
ecin	3,3
ecin	13,4
ederrac	19,3
eguiara	14,1
eguydaçu	6,7
egun	9,2
ene	18,1
erho	11,5
erran	13,5
errax	11,3
erraytia	11,2
eta	2,4
eta	6,4
eta	19,4
etare	1,5
ezliro	18,4
ezpausuric	3,6
eztituçu	8,6
galdu	4,3
galdu	7,1
gayzqui	5,4
gayzquiago	20,1
gentilac	19,6
gueroz	10,4
guiçonac	1,1
hanbat	10,1
hanbatere	13,1
handi	12,5
handi	13,2
handi	15,2
handian	6,2
hayec	4,1
herrian	17,6
hobena	1,6
horla	11,1
huna	2,7
larruyan	17,3
larruyori	16,4
leqhutaric	8,3
lo	2,6
loric	3,2
mayna	19,5
maytena	1,3
mina	18,2
ni	8,4
nic	4,6
nic	8,1
nici	20,3
nizaqueçu	13,6
nonbayt	12,4
nuçu	10,5
oguen	7,5
oray	3,1
oray	9,1
ossoduçu	16,5
othoy	6,5
pausuya	2,2
pena	12,2
penac	15,1
penatan	10,6
pensa	5,2
pensetan	9,5
sarri	16,1
sendo	18,3
sendoturen	16,2
tuçu	13,3
vaciniaqui	14,2
vada	17,4
vadaquiçu	11,7
vadeçaçu	5,3
vadituçu	15,3
valin	7,2
vatetan	9,3
vere	2,5
vician	18,7
videytuçu	12,6
vihoceco	2,1
vihocian	3,5
vnsa	5,1
vnsa	6,6
vrricarinangui-diçu	14,3
yrudi	19,2

(20 lignes) **118**

aguerritan	3,2	ere	6,6	maytia	10,6
albanerra	9,1	erradaçu	4,3	mi	6,1
amexetan	3,1	eta	1,4	minça	10,2
amore	12,3	eznadin	4,5	mundu	8,1
amorecatic	8,6	ezquiten	17,4	nahi	21,4
amoretan	2,1	gabe	16,3	nahiduçu	5,2
amoria	18,2	galduya	18,4	ni	3,3
amorosen	11,1	gathibatu	1,5	nic	2,3
amoryac	14,1	gauça	5,4	nic	7,7
asqui	6,3	gaynetic	7,3	niro	8,4
beqhaicen	15,4	gaynian	5,6	nolacoric	6,2
berceric	6,5	gendec	17,1	nuçu	1,3
bertan	4,7	gendiac	15,1	nuçu	1,6
biciric	20,1	gueldi	16,4	nuçuya	21,5
bioc	10,4	guerta	17,3	nyc	9,3
çauri	1,2	guinate	13,4	oray	13,1
cer	5,1	guitecen	16,5	oro	8,2
citut	7,6	guiten	10,3	oroz	7,2
çugatic	3,4	hanbat	7,4	othoy	4,6
çure	8,5	handia	9,6	othoy	10,5
çureduçu	2,5	handia	20,4	othoy	14,2
çurequila	19,2	harnaçaçu	2,2	particeco	13,2
damu	13,3	hartu	16,2	particia	20,2
darradan	5,3	hassi	15,3	partiguitecen	14,3
diradela	15,2	herrian	6,7	pena	9,5
disputa	11,2	hil	4,4	pena	20,3
doloretan	3,5	hizbat	4,1	sarri	21,2
duçu	6,4	honeyn	21,1	secretuqui	10,1
dudana	2,4	honic	4,2	vci	21,3
dut	9,4	horren	5,5	verce	7,1
eguya	9,2	hurrancera	12,2	vihocĩan	1,1
elas	18,1	iamas	19,1	vzi	8,3
enaynde	19,3	laydoc	16,1	vztaçu	12,1
ene	18,3	mayte	7,5	yrrigarri	17,2
enoya	19,4	mayte	12,4		

(21 lignes) **104**

amore 14,4
amorea 5,2
are 7,1
arima 10,3

bacitut 1,5
beccatu 9,1
beldurtu 3,4
beqhatu 4,4
bethi 22,1
borthiça 22,4

çaycala 15,4
ceniçauçu 19,2
cinestebat 13,1
çugana 14,5

daducaçu 22,2
daducat 14,3
damnatuluqueçul0,1
damu 8,3
dicit 13,2
diguçu 6,4
diguçu 7,4
diguici 4,2
diostaçu 21,2

ecitela 11,1
eçitut 2,4
eder 15,3
eguyn 4,3
elgarrequi 7,2
ene 10,2
ene 20,1
engana 11,4
engoytic 11,2
ere 1,2
ere 15,2
erhoturic 18,2
euztaçu 19,4
ezquiçaquela 16,3
eztacusaçu 20,4
eztidaçula 12,3

gabez 2,2
gathibatu 24,2
gaycexi 16,2
gazte 5,3
gogoa 20,2
gogoan 13,3
gorpuça 24,4
guero 24,1
guerthuz 1,3
guituçu 5,4
guituçu 8,4

hargatic 16,1
hiça 21,4
hilenbaguina 9,3
honela 13,4
honetan 9,2
horlaco 17,1
horlaco 21,3

ieyncoaren 3,2
ieyncoari 15,1
ieyncuaz 6,1
ioandaraudaçu 23,1

lausenguz 17,2
lehen 23,2
leqhu 6,3

mayte 1,4

naçaçu 17,4
narabilaçu 18,3
neure 24,3
nic 14,1
nihaure 1,1
nitan 11,3
nola 14,2
nola 18,1
nola 21,1
nuçu 3,3
nyri 12,1
nyry 19,3

onerizte 2,1
orano 5,1
oray 8,1
orhiceco 6,2
othoy 19,1

particeco 8,2
phoroguric 12,2

sobera 4,1

tema 22,3

vana 3,1
vci 17,3
vehar 7,3
viboça 23,3
vnsa 20,3
vzten 2,3

(24 lignes)

amore 13,1
axeguinic 12,2
ayzyna 7,5

berceric 20,1
bethi 5,4
bioc 4,1
buruya 23,5

cenyçayçu 11,2
çu 7,1
çuc 10,1
çugana 6,5
çure 15,3
çutan 14,1

daquiqueçu 7,3
daudia 5,3
despeditu 22,2
diagoçu 14,2
dicit 15,2
diohaçu 9,4
dioxut 13,3
duçu 24,3

ebilia 9,2
eçaçu 20,3
eçayçula 8,2
echian 3,2
eci 16,1
ecinduqueçu 12,3
eguia 13,4
eguin 24,1
ene 14,3
ene 23,4
ene 24,4
erançutez 1,2

gabe 23,3
galdu 4,3
gendiac 5,1
gitia 8,3
gucia 16,4
gueldi 2,1
gugana 5,5
guituçu 4,4
gure 3,1

halaz 22,1
handiz 10,4
har 20,2
haurc 6,2
haurc 7,2
hauxi 9,1
hebetic 23,1
herri 16,3
horlaceco 1,1
horlaco 17,1

iagoyticos 4,2
iarriciraya 21,3
ichil 18,1
ieynco 21,1
ieyncoaz 19,1
ioan 23,2
iqhustia 15,4

lausenguz 17,2
laydo 10,3
luqueçu 19,4

maytia 13,2

naçaçu 1,4
nahi 2,3
nahi 18,3

nabia 24,5
nahiago 15,1
nahinuçuya 22,3
nator 6,4
neque 8,1
neuretaco 16,2
ni 6,1
niçaz 12,1
nigana 8,4
niqueçu 18,4
niri 20,4
noyzden 7,4
nuçu 10,5
ny 10,2
nyqueçu 2,4
nyri 11,3

ohart 3,3
ordu 19,3
orhiceco 19,2
othoy 11,1

picher 9,1

secretuqui 6,3
so 5,2

vacinite 2,2
vacinite 18,2
vadaquizquigu 3,4
vci 1,3
vcinaçaçu 17,3
vehar 24,2
veldurturic 21,2
vetheren 10,5
vicia 14,4
vztaçu 11,4
vztaçu 20,5

adisquidebat	15,4
ahalgueyçuna	10,2
aldi	2,1
aldibatez	3,2
amore	13,1
amore	22,1
andere	20,3
berce	3,1
bira	8,3
cacendut	11,2
çaquiçat	14,4
ceren	12,1
conquista	18,4
çugana	12,5
daçanorrec	6,2
daydiçu	4,5
despara	13,4
despita	22,3
diquecit	16,2
dnguya	18,3
duçu	5,2
duçun	4,2
duçuna	9,4
duçuna	21,2
dugun	8,4
duqueçu	15,3
duyena	6,4
duyenian	7,2
ecirade	20,2
ecitela	13,2
egun	12,4
eguyna	8,5
eguynduçu	9,2
emandarautaçu	10,1
errana	5,3
escuyan	6,3
eztey	19,1
eztuqueyela	7,3
fortuna	11,4
gayçarequi	17,2
gayxtobat	16,4
gin	12,2
ginen	3,3
gogorraren	22,2
gomitu	19,3
hanbat	20,1
handy	19,4
haraycinacoric	5,1
hari	8,2
heben	1,3
hiçac	8,1
honat	14,1
honetan	2,2
horrat	17,3
larri	20,4
maradi	11,1
merexi	21,1
naçaçu	2,5
nahi	4,1
nahi	7,1
nahi	9,3
nahinuçuya	1,2
narçaque	21,3
neure	11,3
ni	15,1
nyçayçu	3,4
oray	1,1
oray	9,1
oray	18,1
ordu	17,1
orduyan	4,4
ori	4,3
othoy	2,3
othoy	13,3
sarri	21,4
senhar	16,3
valia	16,1
vaynendin	12,3
vaytan	15,2
vci	2,4
vci	6,1
veguitartez	14,2
vehar	18,2
verri	18,5
vorchatu	1,4
yçul	14,3
yraganez	19,2
zaquiçat	17,4

(22 lignes)

abisacencitut 7,4
adi 9,3
amoria 18,3
andre 1,1
arren 8,4
arteco 18,2

bacirade 17,3
bacirere 9,2
baitate 24,7
banadi 12,4
baneguyon 3,3
berceric 7,1
bide 19,4
biderican 4,1

cargu 12,5
çaude 24,1
cebat 3,2
çoaz 24,3
çoroa 8,2
cortesiaz 6,1
çu 16,3
çu 23,1
çugatic 10,2
çugatic 12,2
çugaztia 9,1
çuhaur 17,1
çuretaco 11,1
çuri 6,4
çuri 14,4

daquiçu 15,4
daquite 21,5
duçu 9,6
dudan 10,3
duqueçu 12,7
duqueçu 20,5

eciaquiqueçu 18,5
ecin 20,4
ecin 23,6
eder 1,2
eguia 3,5
eguindadinian 21,2
eguitia 15,2
eguitiaz 22,3
ehorc 18,4
elgarrequi 23,4

eman 14,5
emanderaut 5,2
enaquidiçu 16,6
ene 22,1
enec 22,4
enequila 20,1
enuqueçu 8,5
erhoa 16,2
erraytia 14,3
eta 23,2
eta 24,5
eztu 2,5
eztuçu 14,6
eztuqueçu 7,3

gaberic 5,4
galcendela 13,2
gauça 2,3
gayçiq 20,3
gayxteria 15,1
gayzduçu 13,4
gayzqui 21,1
gayzqui 22,2
gazte 8,1
gendec 21,3
gentilbatez 1,3
gracian 4,5
guynate 23,7
gure 18,1

handi 12,6
haren 4,4
hargatic 8,6
harnazaçu 11,2
hautatuçayt 1,4
hayn 6,5
herri 2,1
hil 12,3
hobe 24,6
hon 9,5
honderiçut 6,2
horla 14,2
horrat 24,4

iaquynxu 16,4

larradala 3,4
laydo 22,5
laydodela 15,3

liçatenez 4,2
luçamendu 5,3
luqueyte 22,6

mendu 9,4
minçaceco 19,2
minçaciaz 20,2

nahi 11,4
nahi 17,2
ni 12,1
ni 17,4
ni 23,3
nic 6,3
nic 7,5
nic 10,1
niri 14,1
nitan 7,3
nuqueçu 17,6
ny 16,1
nyçan 8,3
nynzan 4,3

ohoria 13,1
orotan 2,2
oroz 2,4
othoy 3,1
othoy 10,5
othoy 19,3

paria 2,7
pena 10,4
plazerguitia 13,3

respostuya 5,1

sarri 21,4
secretuqui 19,1
segretu 17,5
segurqui 6,6
sendieçaçu 10,6

vanuçu 11,5
veguia 1,5
veha 16,5
vere 2,6
vici 11,3
vnsa 23,5

ydaçu 19,5
yxilic 24,2

adi	15,3
ahalguinate	12,6
ala	14,5
amoriac	22,2
amoros	19,5
andriac	18,1
arima	4,2
arima	10,4
arima	11,3
arimaren	5,1
baydichatacoric	21,5
buruya	16,5
canpora	4,6
ceren	24,1
cinhex	8,4
consola	3,6
çu	12,1
çuçaz	3,1
çugatic	2,2
çurequila	9,1
çurequila	10,5
çuri	20,2
çuria	6,4
daducat	13,4
daya	21,3
deraudaçu	1,4
derizat	24,4
dicit	23,2
dirade	10,6
duçu	5,5
duçun	6,2
dudan	2,3
duquedanari	23,5
ecin	11,6
ecin	22,7
ecin	23,4
egonenduçu	6,5
eguia	15,7
egundano	21,1
ehor	11,5
elgarrequi	12,4
endin	14,2
ene	4,1
ene	10,1
ene	14,6
enu	22,3
erdiratu	1,3
ere	2,6
eta	8,3
eta	10,3
eta	11,2
eta	12,2
eta	19,3
ezac	15,4
ezpadaqui	18,3
ezpanadi	3,3
eztaquiçula	20,6
ezteriztanari	24,6
eztiaducat	16,2
eztuqueçu	8,2
falta	4,4
fedia	14,8
gabe	4,5
gabe	11,4
galduda	19,7
gaycexi	22,8
gayzci	20,5
gayzquivaniz	9,2
guero	19,4
guerthuz	13,2
guerthuz	16,3
gutitan	15,2
hanbat	2,5
handia	5,4
handia	13,6
handida	2,7
hic	13,3
hiretaco	16,1
hiz	1,1
hiz	15,1
hon	20,3
hon	24,3
hon	24,5
honderiçanari	18,2
hori	17,1
horla	17,2
horreçaz	1,2
horrelaco	7,1
hura	22,6
ialguirenda	4,3
ialguitia	5,2
iauna	13,1
ixil	14,1
lehenic	19,2
liçate	11,7
liçatela	17,3
mayte	22,4
mesura	18,4
nahi	14,3
nahi	15,5
narrayola	23,3
nazaçu	8,5
neque	5,3
neure	16,4
neure	17,5
ni	12,3
ni	19,4
ni	21,4
nic	2,4
nic	20,1
nic	22,5
nicin	17,4
niquec	14,4
nola	9,3
ny	22,1
nyri	7,3
oray	3,4
oray	6,1
oro	19,6
pena	2,4
penegatic	6,3
porfidia	13,5
prouechuric	8,1
segur	7,4
vada	24,2
vaderiçut	20,4
vaduc	15,6
vanitatez	7,2
veldurra	17,6
veraz	3,2
vertan	3,5
vicininçande	9,4
vihoça	1,5
vihoz	10,2
vihoz	11,1
vnsa	12,5
vste	23,1
vztaçu	7,5
yçan	21,2

(24 lignes)

ahal 11,4
amoriaren 2,1
andre 5,1
arima 7,8
arnega 8,6
axola 2,6

bana 17,5
bano 3,4
bategatic 8,1
bay 7,5
bearnora 11,1
bernat 9,2
bernat 10,2
bertaric 16,6
bethi 21,4
bide 14,1
borchaz 3,1

cantuya 9,4
çaten 21,6
cinhexi 21,5
contra 21,2

diren 8,4
dolucen 23,6

echeparere 9,3
ecin 7,2
egon 11,3
eguitia 3,6
enaguien 19,3
ençun 17,3
ençun 22,2
ene 1,5
ene 21,1
eneyen 18,2
eniz 5,3
ere 3,2
ere 4,3
erreguec 16,2
erregueri 15,1
escapaceric 12,5
exi 6,2
ezac 1,3
eznuyela 13,3
eznuyen 14,5
ezpaninz 20,3
ezta 12,4
ezteriztadana 4,6

eztudan 2,5

falseria 21,3
faltaz 5,2
faltaz 23,2

gabe 19,5
gabec 14,2
gabetaric 11,2
gal 7,6
gauça 10,5
gauçan 12,3
gaycez 17,1
gayzqui 3,3
gayzqui 15,2
guertuz 15,4
ginenceu 10,7
guitez 13,5

harc 2,2
haren 23,1
haritunu 14,3
hassi 23,3
haurc 4,2
heldu 12,1
hequi 7,1
hilen 5,4
hobeda 3,7
hobena 6,6
hon 4,5
hongui 3,5
hongui 13,4

ialgui 22,5
iangoycoa 1,1
iaquin 10,3
iauguitiaz 23,5
iaun 16,1
ibesic 19,6
inçanden 11,5
ioan 19,1
ioan 20,2
ioanenguion 16,5
iustician 22,1
izterbeguier 18,1

lagola 17,2
lehena 5,7
leqhuric 18,4
leqhutic 14,6

malician 18,3
meçu 16,3
medra 7,3
mossen 9,1
mossen 10,1
mutha 1,2

nayte 7,4
nenzan 16,4
nendin 19,2
neure 7,7
ni 4,1
ni 5,6
nic 2,4
nic 13,1
nicez 17,6
ninçaten 20,5
ninçaten 22,6
niro 8,3
nola 10,6
non 6,4
nuçu 23,4
nuyen 17,4

oguen 19,4
oguenduru 20,4
oguengaberic 15,5
oguenic 13,2
oguenic 17,7
oroz 6,1
oroz 8,5
othoy 1,4

saldu 15,3
sarri 8,2
sarri 22,4

vahu 10,4
valinba 5,5
valinetan 20,1
vaninz 22,3
vaytate 6,5
vcirendit 4,4
veçala 2,3
vehardicit 6,3
veharduyen 12,2
verceric 13,6
vide 14,4
vihoça 1,5

(23 lignes)

abantallan 3,1
acusatu 12,4
albayledi 3,3
apart 4,2
ayuta 13,6

badacusquit 20,3
baguira 12,5
balinetan 12,1
barqha 18,4
beccatore 11,1
beccatu 23,6
bethiere 4,4

cençacia 1,3
chipia 16,6
condemnatu 10,2
contra 23,5
çuc 19,2
çucena 7,6
çucirade 15,2
çuhurcia 1,4
çure 16,1
çure 21,1
çure 23,4
çuten 10,3

dabilela 3,2
dabilena 14,2
dacusquidan 21,3
deraut 17,4
dicit 23,3
diro 14,4
dugun 13,2
duyen 2,2

ecin 9,3
egoyztea 4,3
eguia 18,7
eguiazco 15,3
eguin 23,2
eguinac 6,3
eguyn 17,3
ehor 9,4
ene 6,1
ene 8,5
ene 20,4
ene 22,1
eniac 20,2
enuçula 24,3
ere 6,4
ere 8,3
erehilcera 10,5
escura 5,6
escuyaz 21,2
eta 11,3
eta 13,3
eta 16,5
exayaren 19,4
exayari 5,3
ezpanengo 7,3
eztaguiten 22,3
eztaquigula 11,5

falsu 9,1

gabe 12,3
gayça 4,1
gayçaz 1,2
gayçaz 20,5
gaynian 22,2
gayxoa 5,2
gayzdira 6,7
gaztiga 2,6
gaztigaturic 21,5
giniz 5,5
gortean 16,2
guira 11,2
guizan 13,5

halaz 10,1
handi 16,4
handia 17,6
handida 1,5
haren 7,1
hayer 18,1
hayez 24,1
heben 24,5
heyec 21,4
hobeda 4,5
hura 18,2

iangocoa 19,1
iangoycua 15,1
iangoycua 23,1
ieyncoa 10,4
ieyncoaç 13,4
iugia 15,4

malicia 17,5
malician 14,1
mendeca 14,5
menetic 19,5
menian 7,2
mira 11,4
miraculu 8,1

nahi 24,2
ni 5,1
nic 7,4
nic 20,1
nihaur 5,4
niri 18,5
nitan 2,4
norc 17,1
nuqueyen 7,5

oguena 8,6
oray 6,5
oray 8,4
oro 2,3
oro 6,6
othoy 18,3
othoy 24,4

paciença 13,1
punitu 24,6

segura 3,4

testimoniotic 9,2

valia 18,6
vanagui 8,2
vardindira 16,3
vaytere 17,2
vedi 2,5
veguira 9,5
veguira 19,3
verac 14,3
vercen 1,1
vide 12,2
vnsa 6,2
vozturic 20,6
vsteduten 22,4

yrriric 22,5
yzterbegui 2,1

(24 lignes) 132

aguian	11,1	ezpanango	11,3	nahi	3,3
are	13,6	ezpanindu	22,3	nahi	5,3
arimaden	7,5	eztaqui	16,6	nahi	19,5
armatu	4,7	ezticit	1,4	nahi	22,2
aytac	23,1	eztuyenac	16,3	nahitic	9,5
baçu	13,2	faltatu	1,5	nahiz	7,1
banuçu	3,4	gabe	24,4	ni	13,5
berac	13,1	galdu	12,3	nic	1,3
bihi	24,1	gatibu	2,6	nic	18,4
çaydanyan	20,4	gayça	15,1	ninçanden	11,5
cer	8,2	gayz	16,1	nola	15,2
cerden	16,5	gayz	17,3	ohidu	23,6
ceren	2,1	gaztigatu	23,5	ohorezqui	14,5
contra	4,6	gitendira	9,3	oray	19,1
çuganaco	3,1	gogo	5,1	orhitu	20,5
çuhaurorrec	8,4	gorde	24,3	oro	4,4
çure	5,5	hanbat	2,5	oro	9,2
damnatu	19,6	haritu	6,6	oro	10,4
daquidala	1,2	haur	23,3	pacientqui	6,5
daquit	19,2	hayec	8,1	pena	6,4
dastatu	18,6	heben	2,4	pena	7,3
dicit	5,4	heben	7,2	pena	18,1
didan	6,3	heben	20,1	penac	9,1
dirade	13,4	hil	11,4	penacera	20,3
egon	2,2	hil	13,3	permiticen	10,3
eguin	14,2	hobenagalic	10,5	punitu	3,5
eguina	5,6	hona	12,6	punitu	22,5
eguindic	12,7	hona	15,3	purgatu	21,6
eguitez	17,2	hona	16,4	saluatu	7,6
ene	4,5	honez	5,2	saluatu	17,6
ene	12,1	hongui	14,1	sofrituz	17,4
ene	12,5	hongui	17,1	suyan	21,4
ene	20,2	hula	11,2	vaytut	14,4
engoytic	11,6	hunac	21,2	vehardici	21,3
eninduquen	22,4	hunac	24,2	vehardicixahutu	24,5
enu	19,4	huxeguinez	3,2	vehardudan	2,3
enuyen	18,5	ialguiric	14,6	vehardugu	17,5
eqhussi	16,2	iangoycuac	19,3	verac	10,2
ere	15,4	iauguinenda	15,3	verce	4,3
erregue	4,1	ieyncoaren	9,4	vere	22,1
erregueri	1,1	iqhustzu	8,5	vere	23,2
eta	4,2	laudatu	5,7	vertaric	15,6
eta	6,1	maytia	23,4	viciric	13,8
eta	10,1	merexiduten	8,3	vnsa	21,5
eta	18,2	miseria	18,3	vrhe	21,1
exayac	6,2	nadin	7,4	vste	14,3
exayac	12,2	nago	13,7	vstian	12,4

(24 lignes)

adi 9,3
adi 10,5
aguian 1,5
albaheça 12,3
aldiz 15,4
are 3,4
argui 17,2

bada 15,1
balego 14,2
baytere 3,2
bercer 17,1
bere 20,4
bernat 2,2
bethidie 7,2
bide 18,4
buruya 17,6
buruya 22,5
burya 15,6

carcel 2,5
cogita 11,7
consola 4,7

damna 22,3
daquion 23,4
denbora 13,6
desiratuz 23,1
duquec 9,5
duquec 13,3

eceyn 8,4
eguin 17,3
eguin 18,2
eguindu 1,6
emanendic 20,3
enplegatu 13,2
ere 1,3
erracendic 17,5
escusa 12,4
eta 9,4
eta 11,4
eta 17,4
eure 13,5
eure 15,5
eure 19,3
ez 5,6
ezac 2,4
ezac 11,6
eztaçala 22,1
eztaquia 16,6
eztuc 6,4

findic 5,3

gabe 18,5
gauça 19,4
gayçagodela 3,5
gayxtoari 23,2
gayzbada 2,7
gayzeriztez 22,2
gayzquia 23,5
gayzquiguiler 21,1
gaztiga 10,6
gaztigari 10,2
gaztigayro 14,3
gaztiguezac 15,3
gloria 21,5
gomendezac 19,2
gucia 14,6
gucia 19,5

hala 1,4
handi 8,2
handi 21,3
handia 7,5
handia 18,6
handirenec 7,1
hangoa 11,5
harc 20,1
harçaz 9,1
hayecez 4,5
hayenac 5,5
heben 4,1
heben 5,2
heben 6,3
heben 13,4
hebengoaz 12,1
hel 16,5
hel 23,3
heure 22,4
hic 4,2
hiri 16,4
hiri 18,1
honez 11,2
hor 14,1
hori 2,6

ialgui 6,6
iangoycoac 1,1
ieyncoari 19,1
ihaurc 14,4
inçan 10,3

lecot 6,5

merexituya 20,5
minic 6,2
mossen 2,1

nahia 6,7
nizaz 1,2
nola 16,3
non 3,1
norc 4,6

oray 10,4
oray 15,2
orhit 9,2
orhit 11,3
orori 20,2

paciencia 9,6
pacienter 21,4
pausugabia 8,5
pena 7,4
pena 8,1
pena 11,1
pena 21,2
penac 5,1
pensa 2,3

quiry 16,1

sarri 5,4
sayluyari 16,2
seculan 5,7
suyan 7,3

vadaraye 18,3
vaduquec 4,3
vana 4,4
vatre 6,1
verce 14,5
vercecoa 12,2
vercen 10,1
vnsa 13,1

ycigarri 8,3
yfernuya 3,3

amen 18,1

borrer 2,2
buruya 2,6
buruya 4,5

certan 3,1
condemnacenduquec 4,2
çuc 10,4
çuc 17,2
çucena 17,6
çuyan 12,2

dicit 7,3

egoytia 14,8
eguiteco 7,4
eguitenduc 1,2
eguitenduc 2,3
ehonere 6,2
ehor 15,5
enadin 9,3
engana 15,6
eracustac 6,1
ere 16,6
ere 17,5
eryocez 8,3
escusaric 5,4
eta 5,1
eta 12,3
etare 16,2
eure 2,5
eure 3,5
eure 4,4
ez 16,1
eztadila 15,3
eztaguidan 11,2
eztaquidic 5,3

fida 16,5

gabia 6,5
gabia 9,6
gathibutan 9,1
gathibutan 14,1
gaucetaco 13,4
gaycena 14,5
gendia 8,5
guibeletic 11,8
guiçon 9,4
guiçona 16,7

hala 14,3
handia 1,5
handia 7,5
hangaldudic 12,4
hartan 4,1
hartan 5,2
hic 3,3
hil 9,2
hilcenduçu 8,4
hiri 8,1
hiz 16,3
hobena 13,5
honetan 8,2
hura 2,1

ialguiteco 10,3
iangoycoa 7,1
iaygoycua 17,1
ieyncuari 1,1
in 1,3
irria 11,4
iuge 2,4
iuria 1,4
iuya 3,2
izterbeguiac 11,1

libertatia 13,1

nola 13,2
norden 6,3
niri 17,4
ny 15,1

oguen 6,4
oguen 9,5
oguenduru 12,1
oray 7,2
orotan 16,4
ossoric 10,1
othoy 10,2
othoy 15,4

pena 14,4

valia 5,5
vayta 13,3
vaytaçac 3,4
veçala 15,2
veguira 17,3
vicia 12,5
vidia 10,6

ydaçu 10,5
yhaurc 4,3
yzterbeguia 3,6

(18 lignes)

adi	2,3
adi	8,2
adi	14,2
adi	41,2
aldiz	17,2
bagueric	32,2
bahiz	31,4
bascoac	26,1
beharduc	17,4
beharduyen	6,1
benedica	4,1
berce	9,1
berce	24,1
berceac	21,1
berceric	37,4
bere	22,1
cãpora	2,4
çayteyen	10,3
cerden	29,2
cirela	12,2
contrapas	1,1
dalila	4,2
dançara	41,3
dano	31,2
dira	21,4
dute	11,2
dute	28,3
ebiliren	33,3
eceyn	36,1
ecin	10,1
egon	31,3
emandio	5,2
engoitic	33,2
ere	36,2
erideyten	38,3
estimatze	16,1
euganatu	12,1
ez	27,2
ez	37,1
ez	37,3
ezta	38,2
francesa	37,2
garacico	3,1
gaynera	24,3
gendec	9,2
goihen	22,2
gradora	22,3
gucietaric	34,2
gucira	20,3
gutitan	16,2
habil	20,1
harrẽ	27,4
herria	3,2
heuscara	2,1
heuscara	7,1
heuscara	13,1
heuscara	19,1
heuscara	25,1
heuscara	27,1
heuscara	29,3
heuscara	30,1
heuscara	35,1
heuscara	40,1
heuscararen	39,1
heuscarari	5,1
hi	33,1
hic	17,3
hura	23,2
ialgui	2,2
ialgui	8,1
ialgui	14,1
ialgui	41,1
iaquin	27,3
içan	21,3
iccassiren	28,2
iganenda	23,3
imprimitu	32,1
inçan	15,3
lengoageric	36,3
lengoagetan	15,1
mundu	20,2
muudu	34,1
mundura	14,3
ohi	15,2
ohoria	18,1
oray	11,1
oray	17,1
oray	23,1
oray	29,1
oray	31,1
oray	38,1
oroc	21,2
oroc	26,2
oroc	28,1
ororen	24,2
orotan	18,2
pareric	39,2
phorogatu	11,3
plaçara	8,3
preciatzẽ	26,3
scriba	10,2
thornuya	6,2
vsteçuten	9,3

(41 lignes en 2 colonnes de 20 et 21 l.)

adisquide	16,3	eta	13,2	iccassiren	10,3
alcha	11,5	eta	16,1	imprimiçalia	17,2
aldiz	6,2	eta	20,4	iqhasteco	14,3
azquena	5,5	etay	19,1	laude	3,2
bailelo	19,3	ezac	3,3	lehen	17,1
baitinçan	5,3	ezpaitzen	9,5	lehena	6,5
bana	8,1	floria	12,5	lehenago	5,1
basco	18,1	galdia	13,7	leloa	19,4
baytuc	4,4	garacico	3,4	leloa	19,6
beça	11,6	garacico	15,5	lelori	19,2
beharduyan	4,5	gauça	10,5	lengoagetan	5,4
berce	8,4	goacen	2,5	lengoagia	12,3
bordelen	16,5	goacen	20,5	lengoagiaz	8,3
burlatzen	8,6	guiçon	11,3	mundu	7,2
buruya	11,7	halbalute	14,2	naturac	15,6
campora	2,3	handiec	13,4	nola	10,4
campora	20,3	hantic	4,2	obligatu	18,3
çaray	19,5	haren	13,6	oheuscara	3,1
ceren	4,1	haren	16,2	oray	6,1
ceren	9,1	hargana	18,5	oray	10,1
ciraden	7,5	hayen	8,2	oray	16,4
conplitu	15,3	herria	3,5	oro	2,6
da	2,2	heuscaldun	11,1	oro	8,5
da	20,2	heuscaldunac	7,1	oro	18,2
dançara	2,7	heuscara	2,1	oro	20,6
dançara	20,7	heuscara	20,1	oroc	11,4
den	11,2	heuscararen	17,3	oroc	13,5
denac	16,6	hi	5,2	orotaco	6,4
desir	15,1	honacen	10,6	orotan	7,3
desira	14,4	hura	15,2	preciatu	7,4
du	15,4	hurada	17,4	prince	13,1
dute	10,2	huyen	12,2	sautrela	1,1
eceyn	9,2	iagoiticoz	18,4	scribatus	14,1
eci	12,1	iaun	13,3	scripturan	9,3
erideiten	9,4	içanenda	12,4	thornuya	4,6
eta	2,4	içaneniz	6,3	vqhen	4,3

(20 lignes)

DÉNOMBREMENT

DES MOTS BASQUES EMPLOYÉS PAR DECHEPARE

Dechepare		**A**	**1**	— lignes	1 mot			Report:	614 lignes	3349 mots				
82/84	2/4	«	**3**	29 «	200 mots		124	44	**D**	**5**	24	«	137	«
84	4	«	**4**	2 «	11 «		124/125	44/45	«	**6**	22	«	126	«
86	6	«	**5**	24 «	120 «		125/126	45/46	«	**7**	23	«	131	«
86/88	6/8	«	**6**	29 «	135 «		126	46	«	**8**	24	«	125	«
88/90	8/10	«	**7**	27 «	139 «		126/127	46/47	**E**	**1**	23	«	121	«
90/92	10/12	«	**8**	24 «	130 «		127/128	47/48	«	**2**	23	«	128	«
92/94	12/14	**B**	**1**	24 «	125 «		128/129	48/49	«	**3**	24	«	147	«
94	14	«	**2**	24 «	136 «		129	49	«	**4**	23	«	120	«
96	16	«	**3**	24 «	132 «		129/130	49/50	«	**5**	23	«	125	«
96/98	16/18	«	**4**	26 «	139 «		130/131	50/41	«	**6**	23	«	128	«
98/100	18/20	«	**5**	25 «	140 «		131/132	51/52	«	**7**	23	«	135	«
100/102	20/22	«	**6**	26 «	134 «		132	52	«	**8**	19	«	103	«
102/104	22/24	«	**7**	23 «	126 «		132/133	52/53	**F**	**1**	20	«	118	«
104	24	«	**8**	24 «	126 «		133/134	53/54	«	**2**	21	«	104	«
104/106	24/26	**C**	**1**	24 «	141 «		134	54	«	**3**	24	«	92	«
106/108	26/28	«	**2**	24 «	123 «		134/135	54/55	«	**4**	24	«	100	«
108	28	«	**3**	23 «	121 «		135/136	55/56	«	**5**	22	«	88	«
108/110	28/30	«	**4**	24 «	126 «		136/137	56/57	«	**6**	24	«	133	«
110/112	30/32	«	**5**	24 «	126 «		137	57	«	**7**	24	«	139	«
112/114	32/34	«	**6**	23 «	131 «		137/138	57/58	«	**8**	23	«	136	«
114	34	«	**7**	23 «	125 «		138/139	58/59	**G**	**1**	24	«	132	«
114/116	34/36	«	**8**	22 «	118 «		139	59	«	**2**	24	«	141	«
116/118	36/38	**D**	**1**	24 «	138 «		139/140	59/60	«	**3**	23	«	133	«
118/120	38/40	«	**2**	24 «	127 «		140/141	60/61	«	**4**	18	«	93	«
120	40	«	**3**	24 «	138 «		141	61	«	**5**	41	«	103	«
122	42	«	**4**	24 «	141 «		141/142	61/62	«	**6**	20	«	108	«
		Report:		614 lignes	3349 mots						1220	l.	6495	m.

De ce dernier nombre il faudra déduire **neuf** mots partagés en deux tronçons. Voir page 56.

Les deux premières séries de chiffres, à gauche, indiquent les pages correspondantes de la réimpression de Dechepare de 1847. (Actes de l'Académie de Bordeaux et tirage à part).

MOTS PARTAGÉS EN DEUX TRONÇONS

baitu	—	te	A	3	15,$_{5}$
bay	—	tuçu	«	«	16,$_{9}$
çuyen	—	daco	C	4	2,$_{3}$
gayzqui	—	ago	E	2	17,$_{3}$
adi	—	mendu	F	6	9,$_{3}$
bide	—	gabec	«	8	14,$_{1}$
(vide	—	gabe	G	1	12,$_{2}$)
(bide	—	gabe	«	3	18,$_{4}$)
in	—	iuria	«	4	1,$_{3}$

MOTS EN RÉALITÉ DOUBLES, MAIS INCORRECTEMENT SÉPARÉS

aytor	— cendut	*pour*	aytorcen dut	B	4	20,$_{4}$
hala	— verda	«	halaver da	E	3	22,$_{1}$
lelo	— rybay	«	lelory bay	«	7	22,$_{2}$
çu	— haurbeci	«	çuhaur beci	«	8	9,$_{5}$
othoy	— ceniçauçu	«	othoycen niçauçu	F	3	19,$_{1}$
othoy	— cenyçayçu	«	othoycen nyçayçu	«	4	11,$_{1}$
maradi	— cacendut	«	maradicacen dut	«	5	11,$_{1}$
othoy	— cebat	«	othoycebat	«	6	3,$_{1}$

EMPLOI PROBABLEMENT INTENTIONNEL DE **-m** POUR **-n** FINAL

(La même orthographe se rencontre parfois dans d'autres écrits et notamment dans des PROVERBES d'OIHENART.)

dugum	A	3	22,$_{5}$
dizum	«	4	1,$_{3}$
ixutarçum	«	8	13,$_{5}$

VOYELLES (**a**, **e**, **o** ET **u**) AVEC «TILDE» REPRÉSENTANT UN **-n** ABSENT QUI DEVRAIT SUIVRE

munduyâden	A	5
pêsatu	«	«
albaiteguinôden	«	6
mûdu	«	8
iâgoycobat	B	6
câpora	G	5
harrê	«	«
preciatzê	«	«

-a INTERROGATIF

veharduta	**E 5** 15,$_3$		nahinuçuya	**F 4** 22,$_3$	
nuya	« **7** 20,$_4$		nahinuçuya	« **5** 1,$_2$	
nuçuya	**F 2** 21,$_5$		dnguya	« « 18,$_3$	
daudia	« **4** 5,$_3$		daya	« **7** 21,$_3$	
iarriciraya	« « 21,$_3$		eztaquia	**G 3** 16,$_6$	

MOTS COMMENÇANT PAR UN **r-**

recebice	**A 6** 22,$_4$	remedia	**D 4** 5,$_3$
recebitu	« « 15,$_4$ **B 3** 3,$_3$ **C 7** 11,$_3$	remedio	**C 4** 10,$_4$ **C 6** 7,$_4$
redemitu	« « 25,$_3$ **A 8** 5,$_3$	reputacione	**A 3** 13,$_2$
refugio	**D 4** 3,$_3$	respostuya	**F 6** 5,$_1$
regla	**B 5** 17,$_1$	respuesta	**E 3** 18,$_4$
		rigorosqui	**B 6** 22,$_3$ **C 2** 22,$_2$

Le mot **rybay** *(***E 7** 22,$_3$*) a été omis, la syllabe* **ry** *appartenant au mot* **lelo** *qui précède.*

EMPLOI DE LA LETTRE **f**

afaria	faltaric	francesa
afer	faltatu	franco
aferdate	faltaturen	frangoqui
afertuçu	faltaz	fructu
confessatu	fama	fundatuden
confessione	fauore	ifernuco
confessionia	fauoretan	ifernuyan
confirma	fede	iosafaten
confortaria	fedean	ofenditu
crucifica	fedia	offensatu
defendentac	fida	perfectuqui
defensionia	figuraren	porfidia
difama	fin	refugio
falseria	fina	sanctifica
falsu	findic	sofriceco
falsuqui	finian	sofrituz
falsuyac	finianere	yfernuco
falta	floria	yfernuya
faltacen	formatu	yfernuyan
	fortuna	

ERREURS TYPOGRAPHIQUES

(dont quelques-unes ont pu être rectifiées pendant le tirage.)

Page	*22*	*pour*	**)C 6)**	*il faut*	**(C 6)**
«	«	«	baitaguiçu	«	baytaguiçu
«	«	«	eceyn 16,$_4$	«	eceyn 17,$_4$
«	*24*	«	penaceco	«	penaçeco
«	*27*	«	mundn	«	mundu
«	*36*	«	paneynde	«	**p**aneynde
«	*39*	«	**ribay**	«	**rybay**
«	*53*	«	dalila	«	dadila
«	«	«	muudu	«	mundu

guertuz (**F 8**) *devra se placer après le mot suivant:* ginenceu.

ERREURS TYPOGRAPHIQUES

existant dans l'original de 1545 et reproduites dans ce vocabulaire:

densere *(deus ere)*	**A 3** 14,$_5$	elicaturenyz *(eliçaturen nyz)*	**E 6** 20,$_3$
gucere *(guc ere)*	**A 5** 19,$_1$	mi *(ni)*	**F 2** 6,$_1$
comdenatuya *(condemn.)*	**B 1** 9,$_5$	dnguya *(duguya)*	**F 5** 18,$_3$
[Iarriric *(iarriric)*	**C 1** 2,$_6$]	porfidia *(perfidia)*	**F 7** 13,$_5$
erratyua *(erratuya)*	**C 6** 1,$_3$	ginenceu *(ginen cen)*	**F 8** 10,$_7$
gazxtoric *(gayxtoric)*	**D 7** 22,$_3$	euganatu *(enganatu)*	**G 5** 12,$_1$
bercereu *(berceren)*	**E 1** 8,$_5$	laudv *(lauda)*	**G 6** 3,$_2$
nnyen *(nuyen)*	**E 6** 16,$_5$		

Çédilles superflues:

saluaçeco	**A 6** 16,$_4$	eçetare	**B 6** 11,$_1$	penaçeco	**C 8** 21,$_3$
saluaçeco	« **8** 10,$_2$	eçaguçen	« **7** 18,$_3$	hoçic	**D 3** 12,$_5$
hoçian	« « 23,$_4$	çeruyac	**C 3** 13,$_6$	arrobaçer	**E 8** 14,$_4$
damnaçeco	**B 3** 23,$_3$	içigarri	« **4** 10,$_3$	eçitut	**F 3** 2,$_4$
eçiraden	« **4** 1,$_2$	seguiçeco	« **6** 6,$_2$	gayçia	« **6** 20,$_3$
çinhex	« **5** 11,$_3$	çeren	« **7** 22,$_1$		

www.ingramcontent.com/pod-product-compliance
Lightning Source LLC
Chambersburg PA
CBHW060835250626
47162CB00005B/2071